PICCOLA BIBLIOTECA ADELPHI

1

DELLO STESSO AUTORE:

Siddharta

La cura

Una biblioteca della letteratura universale

Hermann Hesse

IL PELLEGRINAGGIO IN ORIENTE

ADELPHI EDIZIONI

TITOLO ORIGINALE
Die Morgenlandfahrt

Quindicesima edizione: giugno 1989

ISBN 88-459-0155-6

INDICE

IL PELLEGRINAGGIO IN ORIENTE

I

Poiché la sorte mi ha concesso di essere presente a qualcosa di grande, poiché ebbi la fortuna di appartenere alla « Lega » e di essere uno dei partecipanti a quel viaggio singolare il cui prodigio sfolgorò a quel tempo come una meteora e cadde poi così stranamente presto nell'oblio, anzi nel discredito, mi sono risolto all'arrischiato tentativo di descrivere brevemente quel viaggio inaudito: un viaggio quale non era stato mai tentato da uomini dopo i tempi di Huon di Bordeaux e del folle Orlando fino alla nostra memorabile epoca, l'epoca torbida, disperata, eppure tanto feconda, che seguì la grande guerra. Circa le difficoltà del mio tentativo credo di non farmi nessuna illusione; sono molto grandi e non solo di natura soggettiva, benché già queste sarebbero abbastanza considerevoli. Infatti non solo non possiedo oggi memorie del tempo di quel viaggio né oggetti-ricordo, né documenti, né diari, ma nei difficili anni della sfortuna, della malattia e della grave tribolazione che sono trascorsi da allora ho perduto anche una gran parte dei ricordi; in seguito alle traversie e a sempre nuovi scoraggiamenti, la mia stessa memoria e anche la mia fiducia in questa memoria, già tanto fedele, si sono affievolite in misura umiliante. Ma prescindendo da queste peripezie meramente personali mi trovo anche le mani legate fino a un certo punto dal voto pronunciato a suo tempo: questo infatti mi consente di comunicare senza restrizioni le mie esperienze personali, ma mi vieta qualsiasi rivelazione intorno al segreto della Lega. E se anche pare che questa non abbia più da anni un'esistenza palese e io non ho riveduto alcuno degli affiliati, nessuna lusinga o minaccia potrebbe indurmi a infrangere il voto. Anzi, se oggi o domani fossi citato davanti a un tribunale di guerra e costretto a scegliere tra la condanna a morte e la rivelazione del segreto, con quale gioia ardente suggellerei il mio voto con la morte!

Qui osserverò di passata: dopo il diario di viaggio del conte Keyserling furono pubblicati parecchi libri i cui autori o senza volere o magari con intenzione hanno fatto pensare che fossero affiliati alla Lega e avessero partecipato al pellegrinaggio in Oriente. Persino gli avventurosi libri di viaggio di Ossendowski suscitarono talvolta questo lusinghiero sospetto. Essi invece non hanno assolutamente a che vedere con la Lega e col nostro viaggio o, nel migliore dei casi, non l'hanno più di quanto i predicatori di piccole sette pietiste non abbiano a che vedere col Redentore, con gli Apostoli e con lo Spirito Santo, al cui particolare favore e alla cui comunione si richiamano. Se anche il conte Keyserling ha davvero circumnavigato il mondo comodamente e se Ossendowski ha attraversato davvero i paesi da lui descritti, i loro viaggi non furono prodigi e non scoprirono nuovi territori, mentre in certe tappe del nostro pellegrinaggio, rinunciando a tutte le banali risorse del moderno turismo, a ferrovie e piroscafi, telegrafo e automobili, aeroplani e così via, noi penetrammo veramente in una zona eroica e magica. Allora infatti era finita da poco la guerra mondiale, e soprattutto al pensiero dei popoli vinti si era affacciato uno stato eccezionale di irrealtà, di disposizione al surreale, anche se in pochissimi casi si varcò effettivamente qualche barriera e si intrapresero puntate nel regno di una futura psicocrazia. Il nostro viaggio di allora attraverso il Mare lunare fino a Famagosta, sotto la direzione di Alberto Magno o, poniamo, la scoperta dell'Isola delle Farfalle, dodici linee oltre Zipangu, oppure la solenne festa della Lega presso la tomba di Ruggero: queste sono gesta ed esperienze che agli uomini del nostro tempo e delle nostre regioni furono concesse soltanto quell'unica volta.

Già a questo punto mi accorgo che incontro uno dei maggiori ostacoli del mio racconto. Si tratterebbe di rendere accessibile al lettore con relativa facilità il piano sul quale si svolsero le nostre gesta, lo strato di esperienza spirituale a cui esse appartengono, se fosse lecito introdurlo nei misteri della Lega. Così invece molte cose, forse anche tutte, gli sembreranno incredibili e rimarranno inafferrabili. Tuttavia bisogna pur sempre osare il paradossale, intraprendere sempre da capo l'impossibile. Io sto con Siddhartha, il nostro saggio amico d'Oriente, che una volta disse: « Le parole non fanno bene al senso segreto, ogni cosa diventa subito un po' diversa, un po' falsata, un po' strampalata anzi, e pur questo è bene anche con questo sono d'accordo, ciò che per un uomo è tesoro e saggezza, per l'altro ha sempre un tono di stoltezza ». Eppoi già da secoli gli affiliati e gli storici della nostra Lega hanno avvertito questa difficoltà e le hanno fatto fronte valorosamente, e uno di loro, uno dei maggiori, si è espresso in proposito con questi versi immortali:

> Chi va lontan dalla sua patria, vede
> Cose da quel che già credea, lontane;
> Che narrandole poi, non se gli crede,
> E stimato bugiardo ne rimane:
> Chè'l sciocco vulgo non gli vuol dar fede,
> Se non le vede e tocca chiare e piane.
> Per questo io so che l'inesperienza
> Farà al mio canto dar poca credenza.

Questa «inesperienza» ha fatto sì che oggi nel pubblico il nostro viaggio, il quale allora esaltò migliaia di persone fino all'estasi, non solo è dimenticato, ma la sua memoria è diventata un vero tabù. La storia, si sa, è ricca di esempi simili. Certe volte mi sembra che l'intera storia universale non sia che un libro illustrato il quale rispecchia il più acceso e più cieco desiderio degli uomini: il desiderio di oblio. Non cancella forse ogni generazione con divieti, col silenzio o con lo scherno, proprio ciò che pareva massimamente importante alla generazione precedente? Non abbiamo visto or ora come una guerra mostruosa, annosa e spaventevole, di interi popoli, sia stata per parecchi anni dimenticata, negata, eliminata e fatta sparire per incanto, e come questi popoli, dopo essersi un pochino riposati, cerchino ora mediante attraenti romanzi di guerra di ricordare ciò che pochi anni prima essi stessi hanno commesso e sofferto? Così anche per le gesta e per le sofferenze della nostra Lega, che oggi sono dimenticate e per il mondo sono oggetto di riso, verrà il giorno della riscoperta: e queste mie note vogliono contribuirvi modestamente.

Tra le particolarità del pellegrinaggio in Oriente c'era anche questa: che la Lega mirava bensì con esso a scopi precisi, molto elevati (questi appartengono alla zona del segreto, non si possono quindi comunicare), ma il singolo partecipante poteva, anzi doveva avere anche scopi privati, poiché nessuno era accettato se non spinto da siffatte aspirazioni personali, e ognuno di noi, mentre pareva seguisse ideali e mete comuni e combattesse sotto una comune bandiera, portava in cuore come intima spinta ed estrema consolazione il proprio folle sogno puerile. Ora, lo scopo mio personale, che mi fu chiesto dall'Eccelso Seggio prima dell'ammissione alla Lega, era molto semplice, mentre alcuni altri confratelli si erano proposti mete che io potevo bensì stimare, ma non comprendere fino in fondo. Uno per esempio era un cercatore di tesori e aveva in mente soltanto la conquista di un grande tesoro che egli chiamava « Tao », un altro invece si era ficcato in testa di catturare un certo serpente al quale attribuiva forze magiche e cui dava il nome di Kundalini. Per contro la meta del mio viaggio e della mia vita che fin dalla tarda fanciullezza mi si era presentata in sogno consisteva nel vedere la bella principessa Fatma e nel conquistarne possibilmente l'amore.

Nel tempo in cui ebbi la fortuna di entrare nella Lega, cioè immediatamente dopo la fine della grande guerra, il nostro paese era pieno di redentori, profeti e discepoli, pieno di presagi della fine del mondo o di speranze nell'avvento di un Terzo Regno. Scosso dalla guerra, disperato per la miseria e la fame, profondamente deluso dall'apparente inutilità di tutti i sacrifici di sangue e di averi, il nostro popolo era allora accessibile a svariate chimere, ma anche ad autentiche elevazioni dell'anima; c'erano circoli di danze bacchiche e gruppi battaglieri di anabattisti, c'erano vari fenomeni che parevano additare all'aldilà e al miracolo; anche un'inclinazione verso misteri e culti dell'India, dell'antica Persia e di altri paesi orientali, era molto diffusa, e tutto ciò fece sì che anche la nostra Lega, antichissima, apparisse alla maggior parte uno di quei numerosi rampolli della moda, sbocciati all'improvviso, e che dopo alcuni anni facesse la stessa loro fine cadendo nell'oblio o nel disprezzo e nel discredito. Ma ciò non può turbare i seguaci che sono rimasti fedeli. Come ricordo bene il momento in cui, trascorso l'anno di prova, mi presentai all'Eccelso Seggio e il Fiduciario mi iniziò al progetto del pellegrinaggio in Oriente, ed essendomi messo a disposizione di questo progetto anima e corpo mi fu chiesto amichevolmente che cosa mi ripromettessi mai da quel viaggio nel regno della fiaba. Arrossendo, ma francamente e senza esitazione, professai davanti all'assemblea dei Superiori il mio vivo desiderio di vedere coi miei occhi la principessa Fatma. Il Fiduciario, interpretando il gesto degli incappucciati, mi pose benevolmente la mano sulla testa, mi benedisse e pronunciò la formula che confermava il mio ingresso nella Lega. « Anima pia » mi chiamò e mi esortò a non abbandonare la fede, a essere coraggioso nel pericolo, ad amare fraternamente. Ben preparato durante l'anno di prova, prestai giuramento, rinunciai al mondo e alle sue false credenze e ricevetti l'anello della Lega accompagnato dalle parole di uno dei più bei capitoli della storia della nostra società:

> In terra, in aria, dentro l'acqua e il fuoco
> gli spiriti gli sono sottomessi;
> vinto s'umilia il mostro che l'ha visto,
> tremebondo si fa fin l'Anticristo...

e così via.
Appena accolto ebbi con mia grande gioia una di quelle illuminazioni che erano state promesse a noi neofiti. Seguendo le istruzioni dei Superiori mi ero appena aggregato a una delle decurie che in tutto il paese si erano incamminate per raggiungere la colonna degli affiliati in marcia, allorché afferrai con molta chiarezza uno dei misteri del nostro viaggio. Compresi che mi ero bensì associato a un pellegrinaggio in Oriente, a un determinato e, a quanto pareva, unico pellegrinaggio, ma in realtà, in un significato più alto e più proprio, quel viaggio non era solo il mio e del mio tempo; quella colonna di fedeli e devoti in cammino verso l'Oriente, patria della luce, fluiva senza posa e in perpetuo, era sempre in marcia attraverso tutti i secoli, incontro alla luce e al prodigio, e ciascuno di noi fratelli, ciascuno dei nostri gruppi, anzi l'intera colonna e il suo grande viaggio non erano che un'onda nella perpetua corrente delle

anime, nella perpetua tendenza degli spiriti verso il mattino, verso la patria. Questa intuizione mi attraversò come un baleno e nello stesso tempo sentii destarsi nel mio cuore una frase che avevo imparata durante l'anno di noviziato e mi era sempre piaciuta immensamente, pur senza comprenderla nell'intimo, la frase del poeta Novalis: « Dove mai andiamo? Sempre a casa ».

Intanto il nostro gruppo si era messo in cammino, presto incontrammo altri gruppi e sempre più provammo la gioia di sentirci concordi e tendenti a una meta comune. Ossequienti ai precetti, si viveva da pellegrini senza far uso di quelle istituzioni che provengono da un mondo accecato dal denaro, dal numero e dal tempo, e svuotano la vita del suo contenuto; ne fanno parte anzitutto le macchine come possono essere le ferrovie, gli orologi e simili. Un altro dei princìpi da noi concordemente osservati ci imponeva di visitare e venerare tutti i luoghi e le memorie connesse con l'antichissima storia della nostra Lega e della sua fede. Visitavamo tutti i luoghi pii e i monumenti, le chiese, i sepolcri venerandi che si trovavano lungo la strada, ornavamo di fiori cappelle e altari, onoravamo di canti o silenziose meditazioni le rovine, ricordavamo i morti con musiche e preghiere. Non di rado eravamo scherniti e disturbati dagli infedeli, ma spesse volte incontravamo anche sacerdoti che ci benedicevano e invitavano a tavola, fanciulli che si univano a noi con entusiasmo, imparavano i nostri canti e soltanto piangendo ci lasciavano proseguire, qualche vecchio che ci indicava obliati monumenti del passato o ci narrava una leggenda della sua regione, giovani che ci accompagnavano per un tratto di strada e chiedevano di essere accolti nella Lega. A questi davamo consigli e insegnavamo i primi usi ed esercizi del noviziato. Si ebbero i primi miracoli o visti coi nostri occhi o resi a un tratto presenti da racconti o leggende. Un giorno - ero ancora novellino - qualcuno disse all'improvviso che nella tenda dei nostri capi era ospite il colosso Agramante, il quale cercava di persuaderli a passare dall'Africa per liberarvi alcuni confratelli dalla prigionia dei Mori. Un'altra volta fu avvistato lo Gnomo, il consolatore che suda pece, e si suppose che il nostro viaggio si sarebbe diretto verso il Lago Azzurro. Ma il primo fatto prodigioso che vidi coi miei occhi fu questo: dopo le devozioni avevamo riposato in una cappella semidiroccata della prepositura di Spaichendorf, sull'unico muro illeso della cappella era dipinto un gigantesco San Cristoforo che recava sulla spalla il Redentore Bambino, piccolo e stinto dal tempo. Le Guide, come facevano qualche volta, non presero la via per la quale si doveva proseguire, ma invitarono tutti noi a dire la nostra opinione in proposito; la cappella infatti sorgeva a un trivio e a noi toccava

scegliere. Soltanto pochi di noi manifestarono un desiderio o un consiglio, uno però indicò la sinistra e insistette perché scegliessimo quella via. Noi tacemmo in attesa della decisione delle Guide, allorché il San Cristoforo sul muro alzò il braccio col lungo bordone e accennò verso sinistra, dove voleva andare il nostro confratello. Lo vedemmo tutti in silenzio e in silenzio le Guide presero a sinistra e noi le seguimmo con la gioia più profonda.
Non avevamo fatto ancora molto cammino nella Svevia, allorché avvertimmo un potere al quale non avevamo pensato, il cui influsso però si fece sentire per parecchio tempo senza che sapessimo se era un potere amico od ostile. Era il potere dei Custodi della Corona che da tempi antichi conservano in quel paese il ricordo e il retaggio dei Hohenstaufen. Non so se le nostre Guide ne sapessero di più e avessero istruzioni. So soltanto che da quella parte ci vennero più volte incoraggiamenti o moniti, come su quella collina lungo la strada di Bopfingen dove un vecchio armato di corazza ci venne incontro, scosse la testa canuta a occhi chiusi e scomparve subito senza lasciar traccia. Le nostre Guide accolsero il monito, tornammo indietro immediatamente e non vedemmo Bopfingen. Nei pressi di Urach invece avvenne che un messo dei Custodi della Corona comparisse, come emerso dal suolo, nella tenda delle Guide e con minacce e promesse tentasse di

indurle a porre la nostra marcia al servizio degli Svevi e a preparare soprattutto la conquista della Sicilia. Quando le Guide opposero un netto rifiuto, pare che quello abbia lanciato alla Lega e al nostro pellegrinaggio una terribile maledizione. Ma io riferisco soltanto ciò che se ne era vociferato fra di noi; le Guide stesse non dissero una parola. È sempre possibile però che proprio i nostri vacillanti rapporti coi Custodi della Corona abbiano creato per qualche tempo alla nostra Lega fama immeritata di essere una unione segreta per la restaurazione della monarchia. Una volta mi toccò anche vedere che uno dei miei compagni si pentì, calpestò il voto e ridivenne miscredente. Era un giovane al quale avevo voluto molto bene. Il motivo personale per cui veniva con noi in Oriente era il desiderio di vedere la bara del profeta Maometto che, come aveva sentito dire, sta sospesa nell'aria per incantesimo. In una di quelle cittadine sveve o alemanne, dove ci trattenemmo alcuni giorni perché un'opposizione di Saturno e della Luna ci impediva di proseguire il cammino, l'infelice che già da qualche tempo appariva triste e impensierito incontrò uno dei suoi vecchi maestri al quale era rimasto attaccato fin dagli anni di scuola; quel maestro riuscì a far vedere al giovane la nostra causa sotto l'aspetto in cui appare ai miscredenti. Da una delle visite al maestro il poveretto ritornò nel nostro campo con la faccia stravolta, agitatissimo, e fece un gran baccano davanti alla tenda delle Guide; quando ne uscì il Fiduciario, lo investì con violenza dicendosi stanco di partecipare a quella spedizione di pazzi che non sarebbe arrivata mai in Oriente, stufo di dover interrompere il viaggio più giorni per sciocchi scrupoli astrologici, arcistufo di quell'ozio, delle processioni puerili, delle feste floreali, dell'importanza attribuita alla magia, di quel mescolare la poesia con la vita, sicché buttava l'anello ai piedi delle Guide e prendeva commiato per ritornare con la sua brava ferrovia al proprio paese e alle utili fatiche. Fu una scena orribile e penosa, ci sentimmo stringere il cuore dalla vergogna e nello stesso tempo dalla pietà per quell'illuso. Il Fiduciario lo ascoltò gentilmente, si chinò sorridendo a raccattare l'anello e con una voce, la cui serena pacatezza dovette umiliare il furioso, disse: « Hai preso commiato da noi e ritornerai dunque alla ferrovia, alla ragione e alle utili fatiche. Hai preso commiato dalla Lega e dal pellegrinaggio in Oriente, dalla magia, dalle feste floreali, dalla poesia. Sei libero, sei sciolto dal voto ».

« Anche dall'obbligo di tacere? » gridò l'apostata.

« Anche dall'obbligo di tacere » rispose poi l'altro. « Ricorda: tu hai giurato di non rivelare ai miscredenti il segreto della Lega. Poiché, come vediamo, il segreto lo hai dimenti-

cato, non lo potrai comunicare a nessuno ».
« Io avrei dimenticato qualcosa? Non ho dimenticato niente! » esclamò il giovane, ma non era molto sicuro, e quando il Fiduciario gli volse le spalle e si ritirò sotto la tenda, quello fuggì a precipizio.
Eravamo addolorati per lui, ma quei giorni erano così pieni zeppi di avvenimenti che lo dimenticai stranamente presto. Poco tempo dopo, però, quando forse nessuno di noi pensava più a lui, udimmo gli abitanti di alcuni villaggi e alcune città che attraversavamo parlare di quel giovanotto. Dicevano che un giovane (e lo descrivevano indicandone il nome) era stato lì e ci stava cercando. Prima aveva detto che era dei nostri ed essendo rimasto indietro si era smarrito, poi invece si era messo a piangere e aveva raccontato di averci traditi e di essere fuggito, ma ormai capiva di non poter più vivere fuori della Lega, sicché voleva e doveva trovarci per inginocchiarsi davanti alle Guide e implorare il loro perdono. In diversi luoghi questo racconto ci fu ripetuto; dovunque si arrivasse, il poveretto vi era appena passato. Domandammo al Fiduciario che cosa ne pensasse e come sarebbe andata a finire.
« Non credo che ci troverà » rispose lui brevemente. Non ci trovò infatti e non l'abbiamo più veduto.
Un giorno, avendo una delle Guide iniziato con me una conversazione confidenziale, mi

feci coraggio e le domandai quale fosse la posizione di quel fratello apostata: dissi che era pentito, e poiché ci stava cercando, si sarebbe dovuto aiutarlo a riparare, e certo in avvenire sarebbe diventato il più fedele dei confratelli. La Guida osservò: « Se troverà la via del ritorno saremo ben contenti. Ma non possiamo facilitarglielo. Egli ha reso a se stesso difficile la via per ritrovare la fede; temo che non ci vedrà e non ci riconoscerà neanche se gli passiamo vicino. È diventato cieco. A nulla giova il solo pentimento, non si acquista la grazia col pentimento, in genere non la si può acquistare. A molti è toccata la stessa cosa, uomini grandi e celebri hanno condiviso la sorte di questo giovane. In gioventù furono illuminati, poterono vedere e seguire la stella, ma poi vennero la ragione e l'ironia del mondo, venne la pusillanimità, vennero apparenti insuccessi, vennero la stanchezza e la delusione, ed ecco che quelli furono di nuovo perduti, di nuovo ciechi. Taluni hanno continuato a cercarci per tutta la vita, ma non ci hanno più trovati e allora sono andati a dire al mondo che la nostra Lega è soltanto una graziosa leggenda dalla quale non bisogna lasciarsi sedurre. Altri sono diventati nemici accaniti e hanno recato alla Lega tutte le offese e tutti i danni che hanno potuto ».

Ogni qualvolta durante la marcia incontravamo altre schiere dell'esercito della Lega passavamo giornate meravigliosamente festose, talvolta impiantavamo un accampamento per centinaia o migliaia di partecipanti. La marcia infatti non si svolgeva in un ordine fisso, tale che tutti i partecipanti fossero avviati in una stessa direzione, in colonne più o meno serrate. C'erano invece infiniti gruppi contemporaneamente in cammino, ciascuno dietro alle sue Guide e alle sue stelle, sempre pronto a farsi assorbire da unità maggiori e a farne parte per qualche tempo, ma non meno pronto a proseguire isolatamente. Qualcuno proseguiva anche per conto proprio, anch'io ho marciato talvolta da solo quando un indizio o un richiamo mi portava per strade tutte mie.

Ricordo un piccolo gruppo eletto col quale marciammo e ci accampammo per alcuni giorni; quel gruppo si era assunto il compito di liberare dalle mani dei Mori i confratelli prigionieri in Africa e la principessa Isabella. Correva voce che possedessero il corno di Huon, e tra loro c'erano il poeta Lauscher mio amico, il pittore Klingsor e il pittore Paul Klee: non parlavano d'altro che dell'Africa e della principessa prigioniera, e la loro Bibbia era il libro delle gesta di Don Chisciotte, in onore del quale intendevano di passare dalla Spagna.

Era bello incontrare quei gruppi di amici, assistere alle loro feste e devozioni, invitarli alle nostre, ascoltare i loro fatti e progetti, benedirli al momento del commiato sapendo che proseguivano per la loro strada come noi per la nostra, che ognuno di loro aveva un suo sogno, un desiderio, un giuoco segreto nel cuore, e pure tutti confluivano nel grande fiume ed erano uniti nel sentimento di una stessa adorazione, di una stessa fede e tutti avevano pronunciato lo stesso voto. Incontrai Jup, il mago, che contava di cogliere la felicità della vita nel Cascemir, incontrai Collofino, l'incantatore del fumo, mentre citava il suo passo preferito dall'Avventuroso Simplicissimus, incontrai Luigi il Crudele che sognava di piantare un oliveto in Terra Santa e di tenervi schiavi, e andava a braccetto con Anselmo, il quale era in cerca dell'azzurro giaggiolo della sua infanzia. Incontrai e amai Ninon, nota come « la straniera »: i suoi occhi scuri mi guardavano di sotto a capelli neri, era gelosa di Fatma, la principessa del mio sogno, ma probabilmente era lei stessa Fatma senza saperlo. E come noi marciavamo, così avevano marciato a suo tempo pellegrini, imperatori e crociati per liberare il sepolcro del Redentore e per studiare la magia araba, avevano marciato cavalieri spagnoli e scienziati tedeschi, monaci irlandesi e poeti di Francia.

A me, che di professione ero, in fondo, soltanto violinista e lettore di fiabe, toccava provvedere alla musica nel nostro gruppo, e allora venni a sapere quanto un'epoca grande possa elevare il piccolo individuo e aumentare le sue energie. Io non solo sonavo il violino e dirigevo i nostri cori, ma raccoglievo anche canti antichi e corali, scrivevo mottetti per sei e otto voci e madrigali e li facevo provare. Ma non di questo voglio parlare.

Molti miei compagni e superiori mi furono carissimi. Ma forse nessuno mi rimase così vivo nella memoria come Leo, mentre allora pareva fosse poco considerato. Leo era uno dei nostri servitori (i quali naturalmente erano volontari come noi), ci aiutava a portare il bagaglio ed era spesso comandato al servizio personale del Fiduciario. Quest'uomo semplice aveva in sé qualcosa di così gentile, di così cattivante, pur nella discrezione, che tutti gli volevano bene. Faceva il suo lavoro allegramente, cantava o fischiettava tra sé, non lo si vedeva mai se non quando avevamo bisogno di lui: un servitore ideale. Oltre a ciò gli erano affezionati tutti gli animali, quasi sempre avevamo con noi qualche cane che ci seguiva per via di Leo. Egli era capace di addomesticare uccelli e di attirare farfalle. Si recava in Oriente per il desiderio di imparare a capire, secondo la chiave salomonica, il linguaggio degli uccelli. Accanto ad altri personaggi della Lega, i quali senza pregiudizio del loro valore e della loro fedeltà avevano forse qualche cosa di esaltato, di stravagante, di solenne o fantastico, il servitore Leo aveva un'aria semplice e naturale, un aspetto sano,

con quelle guance rosse, e un tono amichevole, senza pretese.
La difficoltà maggiore che incontro nella mia narrazione è data dalla grande diversità delle immagini che ho nella memoria. Ho già detto che ora marciavamo in piccolo gruppo, ora formavamo una schiera o addirittura un esercito, ma talvolta rimanevo indietro con un unico compagno o magari solo in qualche regione, senza tende, senza Guide, senza Fiduciario. Il racconto mi riesce anche difficile perché non camminavamo soltanto attraverso spazi, ma anche nei tempi. Andavamo in Oriente, ma andavamo anche nel Medio Evo o nell'età dell'oro, perlustravamo l'Italia o la Svizzera, ma ogni tanto pernottavamo anche nel secolo decimo e abitavamo coi patriarchi o con le fate. Quando rimanevo solo ritrovavo spesso regioni e uomini del mio proprio passato, passeggiavo con la mia ex fidanzata sulle rive boscose dell'Alto Reno, facevo baldoria con amici di gioventù a Tubinga, a Basilea o a Firenze, oppure ero ragazzo e partivo coi compagni di scuola per acchiappare farfalle o fare la posta a una lontra, o la mia compagnia era formata dai personaggi prediletti dei miei libri, accanto a me cavalcavano Almansor e Parsifal, Viticone o Boccadoro o Sancio Panza, o eravamo ospiti dei Barmecidi. Quando poi in qualche valle ritrovavo il nostro gruppo, e ascoltavo i nostri canti e mi accampavo dirimpetto alla

tenda delle Guide, allora mi rendevo facilmente conto che il mio ritorno all'infanzia o la mia cavalcata con Sancio erano parte integrante del mio viaggio; la nostra meta infatti non era soltanto il paese di levante, o meglio il nostro Oriente non era soltanto un paese e un'entità geografica, ma era la patria e la giovinezza dell'anima, era il Dappertutto e l'In-Nessun-Luogo, era l'unificazione di tutti i tempi. Di ciò avevo però coscienza solo ogni tanto per un istante e questa era la grande felicità che godevo allora. Più tardi infatti, non appena quella felicità mi andò perduta, compresi chiaramente questi nessi, ma senza ricavarne la minima utilità o consolazione. Quando una cosa deliziosa e irrecuperabile si dilegua, abbiamo l'impressione di svegliarci da un sogno. Nel caso mio questa impressione è paurosamente esatta. La mia felicità infatti consisteva effettivamente nello stesso mistero che costituisce la felicità dei sogni, stava nella libertà di vivere contemporaneamente tutte le cose pensabili, di scambiare per gioco il dentro e il fuori, di far scorrere come quinte il tempo e lo spazio. Come noi confratelli viaggiavamo il mondo senza automobile e senza nave, come vincevamo con la nostra fede il mondo scosso dalla guerra e ne facevamo un paradiso terrestre, così con energia creatrice richiamavamo il passato, l'avvenire, l'immaginato, al momento presente.

E continuamente nella Svevia, presso il lago di Costanza, in Svizzera e dappertutto incontravamo uomini che ci capivano o in qualche modo ci erano grati perché esistevamo, perché esistevano la nostra Lega e il nostro pellegrinaggio in Oriente. Nel bel mezzo dei tram e delle banche di Zurigo c'imbattemmo nell'arca di Noè, custodita da alcuni vecchi cani che avevano tutti lo stesso nome, e navigammo valorosamente attraverso i bassifondi di un tempo arido avendo al timone Hanc C., il discendente della Noachide e l'amico delle arti, e a Winterthur, un piano sotto il gabinetto magico di Stoecklin, fummo ospiti del tempio cinese dove ardevano i profumi sotto la Maja di bronzo e al suono vibrante del gong il re nero sonava teneramente il flauto. E ai piedi del Monte Solare capitammo a Suon Mali, una colonia del re del Siam, dove, ospiti riconoscenti, offrimmo tra i Buddha di pietra e di bronzo le nostre libagioni e i nostri fumi sacrificali.
Una delle più belle esperienze fu la festa della Lega a Bremgarten, dove il cerchio magico si chiuse stretto intorno a noi. Ricevuti dai castellani Max e Tilli, sentimmo Othmar sonare Mozart al pianoforte nell'ampio salone, trovammo il parco popolato di pappagalli e altri animali parlanti, udimmo la fata Armida cantare vicino alla fontana zampillante, e coi capelli al vento la grossa testa dell'astrologo Longus annuiva accanto al caro

viso di Heinrich von Ofterdingen. Nel giardino gridavano i pavoni e Luigi discorreva in spagnolo col gatto dagli stivali, mentre Hans Resom, sconvolto dalle sue intuizioni intorno al gioco mascherato della vita, prometteva un pellegrinaggio al sepolcro di Carlo Magno. Quello fu un periodo trionfale del nostro viaggio: avevamo portato con noi l'onda magica che travolgeva ogni cosa, gli abitanti in ginocchio veneravano la bellezza, il castellano recitava una poesia intorno alle nostre gesta serali, gli animali della foresta stavano in ascolto accalcati intorno alle mura del castello, mentre nel fiume i pesci luccicanti procedevano in cortei festosi ed erano trattati a vino e biscotti.
Ma proprio questi fatti, che sono i più belli, si possono raccontare bene soltanto a chi è stato in contatto col loro spirito; come li espongo io sembrano poveri e forse anche sciocchi, ma chiunque abbia vissuto e celebrato le giornate di Bremgarten me ne confermerà tutti i particolari e li potrà completare con mille altri più belli. Ricorderò sempre come al sorgere della luna di tra i grandi alberi balenavano le code dei pavoni, e nell'ombra della riva tra le rocce luccicavano dolci e argentee le sirene emergenti dall'acqua, e sotto il castagno presso la fontana se ne stava soletto lo scarno Don Chisciotte facendo il primo turno di guardia, mentre sopra la torre del castello le ultime sfere luminose

dei fuochi artificiali scendevano adagio nella notte lunare, e il mio collega Pablo, incoronato di rose, sonava davanti alle fanciulle la zampogna persiana. Chi di noi avrebbe mai immaginato che il cerchio magico si sarebbe spezzato così presto che quasi tutti noi – e anch'io, anch'io! – ci saremmo smarriti negli afoni deserti della realtà in carta bollata, come impiegati e commessi, dopo un banchetto o dopo una gita domenicale, si riassoggettano prosaicamente alle occupazioni quotidiane! In quei giorni nessuno di noi era in grado di pensare cose simili. Nella torre del castello di Bremgarten il profumo dei lilla mi entrava in camera, attraverso gli alberi udivo mormorare il fiume, ebbro di felicità e di nostalgia uscivo dalla finestra nella notte profonda, scendevo di nascosto davanti al cavaliere di guardia e ai crapuloni addormentati, fino alla riva, alle acque sussurranti, alle bianche Naiadi luminose, ed esse mi tiravano giù nel mondo cristallino della loro dimora dove nella frescura lunare, sognanti e irredente, giuocano con le corone e con le collane d'oro dei loro forzieri. Tra i barbagli di quell'abisso mi pareva di vivere mesi, e quando riemergevo e tutto rinfrescato raggiungevo a nuoto la riva ancora si udiva dai lontani giardini la zampogna di Pablo e ancora stava alta nel cielo la luna. Vedevo Leo che giocava con due barboncini bianchi, mentre il suo arguto viso di fanciullo raggiava di gioia. Trovavo Longus seduto tra i cespugli, un volume di pergamena sulle ginocchia, nel quale tracciava segni greci ed ebraici: parole dalle cui lettere salivano a volo i draghi e si contorcevano serpenti di vario colore. Egli non mi vedeva, pitturava assorto la sua scrittura serpigna, sopra le sue spalle curve io guardavo a lungo nel libro e vedevo draghi e serpenti scaturire dalle righe, avvoltolarsi, perdersi in silenzio tra i cespugli notturni. « Longus, » chiamavo con voce sommessa « caro amico! ». Egli non mi udiva, era assorto, lontano dal mio mondo. E in disparte sotto gli alberi lunari passeggiava Anselmo con un giaggiolo in mano sorridendo e fissando perdutamente il calice violetto del fiore.

Una cosa che durante il viaggio avevo già osservata più volte senza però rifletterci a fondo, mi colpì di nuovo in modo strano e un po' doloroso nei giorni di Bremgarten. C'erano tra noi molti artisti, molti pittori, musicisti, poeti, c'era l'ardente Klingsor e l'irrequieto Hugo Wolf, il laconico Lauscher e il brillante Brentano – ma se anche questi artisti o alcuni di essi erano uomini molto vivi e amabili, i personaggi da loro inventati erano invece senza eccezione molto più vivi, più belli, più allegri e in certo modo più giusti e reali degli stessi poeti e creatori. Pablo stava seduto col suo flauto in una deliziosa innocenza e gioia di vivere, mentre il suo inventore come un'ombra, per metà illuminato dalla luna, si aggirava sulla riva in cerca di solitudine. Inquieto e alquanto brillo, Hoffman andava e veniva in mezzo agli ospiti parlando molto, piccolo come uno gnomo, e anche lui, come tutti gli altri, era soltanto per metà reale ed esistente, non interamente concreto né autentico, mentre l'archivista Lindhorst facendo per celia le parti del drago vomitava fuoco a ogni respiro e sbuffava energia come un'automobile. Domandai al servitore Leo perché mai gli artisti sembrassero talvolta uomini soltanto per metà, mentre le loro immagini apparivano così inconfutabilmente vive. Leo mi guardò stupefatto della mia domanda. Poi lasciò andare il barbone che aveva tenuto in braccio e rispose: « Lo stesso avviene con le madri. Dopo che hanno partorito i figli e dato loro il proprio latte, la propria bellezza ed energia, diventano a loro volta poco appariscenti e nessuno più le cerca ».

« È triste però » dissi, così, senza pensarci.

« Credo che non sia più triste di tutto il resto » osservò Leo. « Forse è triste, ma è anche bello. La legge vuole così ».

« La legge? » domandai con curiosità. « Che legge è, Leo? ».

« La legge del servire. Chi vuol vivere a lungo deve servire. Chi invece vuol dominare non vive a lungo ».

« E allora perché tanti aspirano al dominio? ».

« Perché non lo sanno. Pochi sono coloro che nascono per dominare e questi restano sani e sereni. Gli altri invece, quelli che si fanno padroni a furia di gomiti, finiscono tutti nel nulla ».
« In quale nulla, Leo? ».
« Per esempio, nei sanatori ».
Di tutto ciò non capii molto, eppure quelle parole mi rimasero nella memoria, e nel cuore mi rimase l'impressione che quel Leo sapesse molte cose, sapesse forse più di noialtri che apparentemente eravamo i suoi padroni.

II

Ciascuno dei partecipanti all'indimenticabile viaggio deve essersi chiesto che cosa avesse indotto il nostro fedele Leo a lasciarci improvvisamente nella pericolosa gola di Morbio Inferiore, e solo molto più tardi incominciai a intuire e ad afferrare in qualche modo le vere circostanze e i più profondi nessi dell'avvenimento: e si vide che anche quella avventura, apparentemente secondaria ma in realtà molto grave di conseguenze, cioè la scomparsa di Leo, non fu affatto un caso, bensì un anello in quella catena di persecuzioni con le quali il grande Nemico cercava di far fallire la nostra impresa. Quel fresco mattino d'autunno, quando fu scoperta la assenza del servitore Leo e tutte le ricerche risultarono vane, non fui certamente l'unico a provare nel cuore per la prima volta come un presentimento di sventura e di minacciosa fatalità.

Ecco, per il momento la situazione era questa: dopo aver attraversato con coraggio mezza Europa e una parte del Medio Evo, eravamo accampati in una valle rocciosa, profondamente incassata, una gola selvaggia alla frontiera italiana, e cercavamo il servo Leo inesplicabilmente perduto, e quanto più lo cercavamo e durante la giornata la nostra speranza di ritrovarlo si andava dileguando, tanto più ognuno di noi si sentì preso dall'angosciosa convinzione che non solo un uomo caro e simpatico tra la nostra servitù era perito per disgrazia o fuggito o ci era stato rapito dai nemici, ma quello era anche l'inizio di una battaglia, il primo sintomo d'una burrasca che si sarebbe scatenata addosso a noi. Impiegammo tutto quel giorno fino al crepuscolo inoltrato nelle ricerche di Leo, tutta la gola fu perlustrata, e mentre questi sforzi ci affaticavano e dentro di noi aumentava un senso di sconfitta e di inutilità, era strano e inquietante vedere come di ora in ora il servo perduto assumesse maggior importanza e la nostra perdita maggiore gravità. Non solo noi altri pellegrini, e senza dubbio anche tutta la servitù, rimpiangevamo quel giovane bello, simpatico e servizievole, ma pareva che quanto più la sua perdita diventava certezza, tanto più egli ci fosse indispensabile: senza Leo, senza il suo bel viso, senza il suo buonumore e il suo canto, senza il suo entusiasmo per la nostra grande impresa, ci pareva che l'impresa stessa perdesse misteriosamente di valore. Così almeno sembrava a me. Durante i mesi precedenti, a onta delle fatiche e di qualche piccola delusione, non avevo mai avuto un momento di intima debolezza, di vero dubbio; nessun condottiero fortunato, nessuna rondine trasvolante verso l'Egitto poteva essere più sicura della meta, della missione, della giustezza della sua azione più di quanto non fossi io in quel viaggio. Ora invece, in quel luogo fatale, mentre nell'oro azzurro di tutta quella giornata di ottobre udivo e riudivo i richiami e i segnali delle nostre sentinelle e con ansia crescente aspettavo il ritorno di un messo, l'arrivo di una notizia, ma rimanevo continuamente deluso ritrovandomi di fronte a facce perplesse, per la prima volta sentii nel cuore come una tristezza, un dubbio, e via via che questi sentimenti si andavano rafforzando notavo chiaramente che non solo stavo perdendo la fede nel ritrovamento di Leo, ma ogni cosa mi pareva ora dubbia e malfida, ogni cosa minacciava di perdere il suo valore, il suo significato: la nostra amicizia, la nostra fede, il nostro giuramento, il nostro pellegrinaggio in Oriente, tutta la nostra vita.

E se anche m'ingannassi nel presupporre in noi tutti questi sentimenti, se anche dopo tanto tempo m'illudessi sui miei sentimenti e le mie interiori vicissitudini e facessi erroneamente risalire a quel giorno ciò che in realtà avvenne molto più tardi, rimane pur sempre, nonostante tutto, lo strano fatto del bagaglio di Leo. Fu infatti, al di là di ogni impressione personale, una cosa bizzarra, fantastica e sempre più angosciosa: ancora durante quel giorno nella gola di Morbio, durante le nostre assidue ricerche del servo perduto, ora l'uno, ora l'altro di noi notò la mancanza di qualche cosa importante, indispensabile, nel proprio bagaglio, e nulla di ciò venne trovato. A ogni pezzo mancante risultava che doveva essere stato nel bagaglio di Leo e benché lui, come tutti i nostri, avesse avuto sulle spalle soltanto il solito sacco di tela, un unico sacco fra quei trenta che dovevamo avere allora, pareva che proprio quel sacco perduto avesse contenuto tutte le cose veramente importanti che avevamo con noi in quel viaggio! E nonostante la ben nota debolezza umana per cui un oggetto, nel momento in cui ci viene a mancare, ci sembra esageratamente prezioso e più indispensabile di tutti quelli che abbiamo tra le mani, benché in verità alcuni di quegli oggetti, la cui perdita ci diede tanto affanno nella gola di Morbio, o ricomparvero più tardi o infine non erano poi tanto indispensabili, nonostante ciò è vero purtroppo che allora, con giustificata inquietudine, si dovette registrare la perdita di tutta una serie di cose sommamente importanti.

Straordinario e inquietante fu anche questo fatto: gli oggetti perduti, indifferente se poi si ritrovarono o no, formavano una graduatoria d'importanza, e a poco a poco riapparvero tra le nostre robe proprio quegli oggetti che a torto avevamo così profondamente rimpianti e intorno al cui valore ci eravamo tanto ingannati. Anzi – per esprimere fin da ora chiaramente il punto principale e inesplicabile – nel proseguimento del viaggio osservammo con nostra vergogna che tutti gli oggetti perduti, strumenti, carte, gioielli, documenti erano superflui; pareva addirittura che ognuno di noi avesse forzato la sua fantasia per convincere se stesso di aver subìto perdite spaventose e irreparabili, che ognuno si fosse sforzato di considerare perduto e di rimpiangere ciò che più gli sembrasse importante: l'uno i passaporti, un altro le carte topografiche, un terzo la commendatizia per il califfo, l'uno una cosa, l'altro un'altra. E alla fine quando un oggetto dopo l'altro risultò che, o non era affatto perduto o non era necessario, si vide che una sola cosa preziosa, un documento inestimabile e addirittura fondamentale e indispensabile era perduto davvero e per sempre. Se non che ci furono pareri irrimediabilmente diversi intorno al quesito se quel documento, sparito insieme col servitore Leo, fosse stato proprio nel nostro bagaglio. Se tutti erano concordi nel riconoscere che il documento era di grande valore e la perdita irreparabile, soltanto pochi di noi (e io tra loro) osammo affermare decisamente che il documento era stato portato con noi in viaggio. L'uno assicurava che nel sacco di Leo c'era veramente qualcosa di simile, ma non si trattava affatto del documento originale, bensì, come ovvio, di una copia; altri credevano di poter giurare che non si era mai pensato di portare in viaggio il documento stesso o una copia, che anzi sarebbe stata un'irrisione a tutto il significato del viaggio. Seguirono accalorate discussioni e più avanti si vide che c'erano opinioni diverse anche sul luogo di conservazione dell'originale (poco importa se avessimo posseduto o perduto la copia). Si asseriva che il documento era stato depositato presso il governo nel Kyffhäuser. No, dicevano altri, era invece sepolto in quella stessa urna che contiene le ceneri del nostro defunto Maestro. Storie, diceva un altro, lo statuto della Lega era steso dal Maestro nell'antica scrittura ideografica, nota a lui solo, e per ordine suo era stato bruciato insieme col cadavere, e la ricerca di quella lettera fondamentale era priva d'importanza, perché dopo la morte del Maestro nessun occhio umano avrebbe potuto leggerla; era invece assolutamente necessario stabilire dove si trovassero le quattro (altri dicevano sei) traduzioni della lettera fondamentale, eseguite lui vivente e sotto la sua sorveglianza. Ci dovevano essere, si diceva, una traduzione cinese, una greca, una ebraica e una latina che erano depositate nelle quattro antiche capitali. Anche altre affermazioni affiorarono e altre opinioni, taluni si ostinarono a difendere le proprie, altri si lasciarono convincere ora da questi, ora da quegli argomenti contrari, per cambiare poi idea e accettare opinioni altrui. Da quel momento insomma non ci furono più concordia e sicurezza nella nostra Lega, benché la grande idea ci tenesse ancora uniti.

Oh, come ricordo bene quelle prime controversie! Erano una cosa nuova e inaudita nella nostra Lega, già così stretta e compatta. Si svolsero, almeno da principio, con rispetto e cortesia e non si venne mai alle mani né a rimproveri od offese personali; per il momento eravamo ancora, di fronte al mondo, una confraternita inscindibile. Sento ancora le voci, vedo ancora l'accampamento dove si fecero quelle prime discussioni, vedo cadere qua e là, tra le facce insolitamente serie, le foglie gialle d'autunno, vedo l'una fermarsi su un ginocchio, l'altra posarsi su un cappello. E io, ahimè, ascoltavo, mi sentivo sempre più oppresso e intimorito, e in mezzo a tutte quelle opinioni diverse ero ancora ben sicuro, dolorosamente sicuro della mia convinzione, che cioè il sacco di Leo avesse contenuto l'originale, l'antica, autentica lettera di fondazione, e con lui fosse scomparsa e perduta. Per quanto questa convinzione mi turbasse, era pur sempre una convinzione, qualcosa di stabile, una certezza. Vero è che allora avrei voluto troppo volentieri scambiarla con un'altra, più ricca di speranza. Soltanto più tardi, quando ebbi perduto quella triste convinzione e la mia mente si aprì a

tutte le opinioni possibili, compresi che cosa avevo posseduto con essa.
Mi accorgo però che il fatto non si può raccontare in questo modo. Ma in che modo, mi domando, si potrà mai raccontare la storia di quel viaggio singolare, di quella straordinaria comunione di anime, di una vita così meravigliosamente elevata e spiritualizzata? Essendo uno degli ultimi sopravvissuti della confraternita mi piacerebbe salvare qualche ricordo della nostra grande causa; mi par di essere il vecchio servitore sopravvissuto, poniamo, di uno dei paladini di Carlo Magno, il quale conservi nella memoria una radiosa catena di gesta e prodigi la cui immagine e il cui ricordo dovrà scomparire con lui, se non riuscirà a tramandarne una parte ai posteri mediante la parola o il disegno, mediante canti o narrazioni. In che modo però, con quale artificio si potrà mai rendere raccontabile la storia del nostro pellegrinaggio in Oriente? Non lo so. Già questo inizio, questo tentativo intrapreso con le migliori intenzioni mi porta in un mondo sconfinato e incomprensibile. Volevo soltanto provarmi a registrare ciò che mi è rimasto in mente dello svolgimento e dei singoli fatti del nostro viaggio. Pareva molto semplice. Ora invece senza aver, si può dire, raccontato ancora nulla, mi sono arenato in un solo piccolo episodio al quale da principio non avevo neanche pensato, mi sono incagliato nella scom-

parsa di Leo e, invece di un tessuto, mi trovo in mano un fascio di mille fili aggrovigliati che cento mani impiegherebbero anni a sciogliere e sbrogliare, anche se i singoli fili, non appena si afferrino e si cominci leggermente a tirare, non fossero così tenui e non ti si spezzassero fra le dita.
Immagino che tutti gli storici si trovino in simili frangenti quando si accingono a scrivere gli avvenimenti di un'epoca e intendono seriamente di riportare il vero. Dov'è il centro degli eventi, il nucleo comune, il punto a cui si riferiscono e in cui si congiungono? Perché si formi un collegamento, una certa causalità, un certo significato, in genere perché una cosa diventi narrabile, lo storico deve trovare qualche unità: un eroe, un popolo, un'idea, e deve attribuire a questa inventata unità ciò che nella realtà si è svolto nell'anonimia.
Ora, se è tanto difficile raccontare senza interruzione un certo numero di fatti realmente accaduti e accertati, lo è ancor più difficile nel caso mio, poiché tutto mi diventa incerto appena osservo con attenzione, tutto mi sfugge e si dissolve allo stesso modo che ha potuto dissolversi la nostra Lega che era la cosa più forte del mondo. Non c'è un'unità, un centro, un punto intorno al quale la ruota possa girare.
Il nostro pellegrinaggio in Oriente e la comunità che ne era il presupposto furono nella

mia vita la cosa più importante, l'unica cosa importante, di fronte alla quale la mia stessa persona era del tutto vana. E ora, mentre vorrei registrare e fissare questa cosa tanto importante o almeno una parte di essa, tutto mi diventa una massa di immagini frantumate che si sono rispecchiate in qualche cosa, e questo qualche cosa è il mio io e questo io, questo specchio, non appena io lo voglia interrogare, non è che un nulla, il pelo di una superficie di vetro. Depongo la penna, con l'intenzione bensì e con la speranza di continuare domani o un'altra volta, anzi di ricominciare daccapo, ma dietro a questa intenzione e a questa speranza, dietro al mio infrenabile impulso a raccontare la nostra storia si nasconde un dubbio mortale. È quel dubbio che incominciò nella valle di Morbio quando si andò in cerca di Leo. Questo dubbio pone non soltanto il quesito: è possibile narrare la tua storia? ma anche la domanda: era possibile viverla? Si ricordano esempi che persino i combattenti della guerra mondiale, i quali in verità non sono avari di racconti di fatti accaduti, di storia documentata, si sono trovati talvolta sotto l'assillo di questo dubbio.

III

Da quando scrissi ciò che precede ho girato più volte col pensiero intorno al mio proponimento e ho cercato di venirne a capo. Una soluzione non l'ho trovata, sono ancora di fronte al caos. Ma mi sono ripromesso di non cedere e nel momento in cui facevo questa promessa un felice ricordo mi colpì come un raggio di sole. Simile, infatti - mi venne in mente - molto simile a questo era stato il mio sentimento quando si era incominciato il nostro pellegrinaggio: anche allora intraprendevamo una cosa apparentemente impossibile, anche allora ci sembrava di camminare nel buio e di andar tentoni e non avevamo la minima prospettiva, eppure più forte di ogni realtà o verosimiglianza ci raggiava nel cuore la fede nel significato e nella necessità del nostro agire. Come un brivido mi tremò nel cuore l'eco di quel sentimento, e per la durata di quel brivido felice tutto mi apparve schiarito e di nuovo possibile.
Avvenga ciò che vuole, ho deciso di riuscire nel mio intento. Anche se dovessi ricominciare da capo dieci volte, cento volte, la mia non raccontabile storia e trovarmi sempre sull'orlo del medesimo abisso, vuol dire che

ricomincerò cento volte; e se non saprò raccogliere le immagini in un tutto organico, fisserò i singoli frammenti con la maggiore fedeltà possibile. E fin dove oggi sarà ancora possibile, terrò davanti agli occhi il primo principio della nostra grande epoca: di non calcolare mai, di non lasciarmi mai sconcertare da motivi razionali, di considerare sempre la fede più forte della cosiddetta realtà.
Nel frattempo, lo devo confessare, ho fatto un tentativo di avvicinarmi alla meta per una via pratica e ragionevole. Sono andato a trovare un amico di gioventù che vive qui in città ed è redattore di un giornale. Si chiama Lukas, ha fatto la guerra mondiale e ha scritto su quest'argomento un libro che è molto letto. Lukas mi ricevette amichevolmente, anzi parve visibilmente lieto di rivedere un vecchio compagno di scuola. Con lui ebbi due lunghi colloqui.
Tentai di fargli capire ciò che mi stava a cuore. Entrai nell'argomento senza ambagi e gli dissi apertamente che io ero uno di coloro che avevano partecipato a quella grande impresa della quale doveva certo avere udito parlare, al cosiddetto "pellegrinaggio in Oriente", ossia alla spedizione della Lega o comunque si definisse tra il pubblico quel grande avvenimento. Sì, sì, sorrise con garbata ironia, certo ricordava la cosa, nella sua cerchia di amici quel singolare episodio era detto per lo più, forse con troppo poco rispetto, la

"Crociata dei bambini". Nei suoi circoli il movimento non era stato preso molto sul serio, lo si era paragonato a un movimento teosofico o a qualche impresa di affratellamento universale, in ogni caso ci si era stupiti di singoli successi della nostra impresa, si era letta con commozione la notizia del temerario attraversamento della Svevia superiore, del trionfo al Bremgarten, della resa del villaggio ticinese di Montagnola, e per un po' si era pensato se il movimento non potesse essere indotto a porsi al servizio di una politica repubblicana. Ma poi tutto doveva essersi insabbiato, alcune delle Guide avevano abbandonato la causa, anzi se ne erano vergognate e pretendevano di non saperne più nulla, le notizie si erano fatte più rade e stranamente contraddittorie, sicché tutto era stato messo agli atti e dimenticato come tanti altri movimenti eccentrici nella politica, nella religione o nell'arte di quel dopoguerra. In quel tempo, disse, parecchi profeti erano sorti, parecchie società segrete con speranze e pretese messianiche erano apparse e poi tramontate senza lasciare traccia.

Bene, la sua posizione era chiara, era la posizione di un benevolo scetticismo. Press'a poco come Lukas avranno pensato della Lega e del pellegrinaggio in Oriente tutti coloro che avevano avuto sentore della sua storia ma senza partecipare all'esperienza. A me poco importava di convertire Lukas, gli diedi però alcune informazioni e rettifiche spiegandogli, per esempio, che la nostra Lega non è affatto un fenomeno del dopoguerra, ma attraversa tutta la storia universale in una linea talvolta sotterranea che però non ha interruzioni, e anche certe fasi della guerra mondiale non sono state altro che tappe nella storia della nostra Lega, e che Zoroastro, Lao Tze, Platone, Senofonte, Pitagora, Alberto Magno, Don Chisciotte, Tristram Shandy, Novalis, Baudelaire sono stati tra i fondatori e i confratelli di essa. A questo punto fece esattamente il sorriso che mi ero aspettato. « Ecco, » dissi « non sono venuto per istruirla, ma soltanto per imparare da lei. Il mio più profondo desiderio non è quello di scrivere una storia della Lega (non sarebbe capace di farlo nemmeno un esercito di eruditi ben preparati), ma di narrare schiettamente la storia del nostro viaggio. Se non che non riesco assolutamente neanche ad avvicinarmi all'argomento. Non si tratta di capacità letterarie – credo di possederle – e d'altro canto non ho qui alcuna ambizione. Si tratta invece di quanto segue: la realtà che un giorno vissi insieme coi miei compagni non esiste più e nonostante che i ricordi di essa siano ciò che possiedo di più prezioso e di più vivo, mi appaiono così lontani, sono di un'altra sostanza, come se quei fatti si fossero svolti in altri millenni, su altri astri o fossero stati sogni di un febbricitante ».

« Non mi è nuova! » esclamò Lukas vivacemente e soltanto ora la conversazione cominciò a interessarlo. « Non mi è nuova davvero! Vede, la stessa cosa mi è accaduta con l'esperienza della guerra. Credevo di averla vissuta con occhi ben vigili, ero pieno zeppo di immagini, mi pareva di avere mille chilometri di pellicola nel cervello – ma quando mi misi alla scrivania, su una sedia, davanti a un tavolino, sotto un tetto, con la penna in mano, ecco che i boschi e i villaggi rasi al suolo, il sussultare della terra sotto il fuoco tambureggiante, l'impasto di fango e grandezza, di viltà e d'eroismo, di teste e ventri squarciati, di paura della morte e di allegria spavalda – tutto ciò era indicibilmente lontano, era soltanto sognato, non si collegava con nulla e rimaneva inafferrabile. Lei sa che infine, nonostante tutto, scrissi il mio libro di guerra e che ora è molto letto e discusso, ma, vede, io non credo che dieci libri di questo genere, scritti ciascuno dieci volte meglio e più efficacemente del mio, possano dare al lettore meglio intenzionato un'idea della guerra se il lettore non l'ha vissuta da parte sua. E non sono proprio tanti quelli che l'hanno vissuta. Anche tra quelli che l'hanno fatta, non tutti neanche lontamente l'hanno vissuta. E se anche molti dovessero averla realmente vissuta, poi l'hanno dimenticata. Può darsi che l'uomo accanto alla fame di esperienze non abbia fame più gagliarda che quella dell'oblio ».

Tacque e parve assorto e assente. Le sue parole mi avevano confermato esperienze e idee mie.
Cautamente gli domandai dopo qualche istante: « Ma come le fu possibile scrivere il libro nonostante tutto? ».
Rifletté un momento ridestandosi dai suoi pensieri. « Fu possibile » rispose « soltanto perché era necessario. Dovevo o scrivere il libro o darmi alla disperazione, era l'unica possibilità di salvarmi dal nulla, dal caos, dal suicidio. Il libro è scritto sotto questa costrizione e mi ha dato l'attesa salvezza appunto perché è scritto, non importa se bene o male. Questo fu il punto più importante. Inoltre: mentre scrivevo, non dovetti pensare neppure un istante ad altri lettori fuori di me o tutt'al più a qualche commilitone amico, e certo non pensavo mai ai sopravvissuti ma sempre a quelli che erano caduti in guerra. Mentre scrivevo, ero febbricitante o pazzo, circondato da tre o quattro morti con le membra straziate: il libro è nato così ».
E a un tratto – fu la conclusione del nostro primo colloquio – disse: « Scusi, non posso dire di più su quest'argomento, non una parola, nemmeno una parola. Non posso, non voglio. Arrivederci! ».
E mi spinse fuori.
Al nostro secondo incontro lo ritrovai calmo e freddo, aveva di nuovo quel sorriso leggermente ironico, ma pareva prendesse sul serio

e comprendesse benissimo la mia richiesta. Mi diede alcuni consigli che mi furono anche utili. E alla fine del secondo e ultimo colloquio osservò come di sfuggita: « Senta, lei ritorna continuamente all'episodio di quel servitore Leo: non mi piace, pare che quello sia uno scoglio per lei. Se ne liberi, butti a mare Leo, minaccia di diventare una sua idea fissa ».

Stavo per rispondere che senza idee fisse non si scrivono libri, ma lui non mi ascoltava. Mi spaventò invece con una domanda del tutto inaspettata: « Ma si chiamava davvero Leo? ».

La fronte mi si imperlò di sudore.

« Ma sì, » risposi « certo che si chiamava Leo ».

« Era il nome di battesimo? ».

Rimasi perplesso.

« No, il nome di battesimo era... era... non mi ricordo più, l'ho dimenticato. Leo era il suo cognome, non l'abbiamo mai chiamato altrimenti ».

Mentre stavo parlando Lukas aveva preso dalla scrivania un grosso volume e si era messo a sfogliarlo. Con incredibile rapidità aveva trovato e teneva il dito su una delle pagine aperte. Era un annuario di indirizzi e nel punto dove teneva il dito c'era il nome Leo. « Vede, » disse ridendo « ecco qui un Leo. Leo, Andreas, Seilergraben, 69/a. Il cognome non è frequente, può darsi che costui sappia qualcosa del suo Leo. Vada a trovarlo, chissà che non le dica ciò che le occorre. Io non glielo posso dire. Ho il tempo misurato, mi scusi, molto lieto ».

Quando chiusi la porta alle mie spalle vacillavo dallo sbalordimento e dall'agitazione. Aveva ragione lui: era inutile che cercassi altro in casa sua.

Quello stesso giorno andai nel Seilergraben, cercai la casa e m'informai del signor Andreas Leo. Abitava una stanza al terzo piano, lo si poteva trovare in casa la sera e la domenica, di giorno andava a lavorare. Domandai quale fosse la sua professione. Faceva varie cose, mi fu risposto, era pratico di manicure, di curare piedi e far massaggi, preparava anche unguenti medicinali e infusi di erbe; in momenti brutti, quando c'era poco lavoro, si dedicava talvolta a tosare e ammaestrare cani. Me ne andai e decisi di non far visita a quest'uomo, o almeno di non dirgli nulla delle mie intenzioni. Ero però molto curioso di vederlo. Perciò in frequenti passeggiate che feci nei giorni successivi tenni d'occhio la casa, e ci ritornerò anche oggi, poiché finora non sono riuscito a vedere Andreas Leo.

Ahimè, questa faccenda mi porta fino alla disperazione e nello stesso tempo mi rende felice o almeno mi eccita, ridà importanza a me e alla mia vita, e di ciò sentivo proprio il bisogno.

Può darsi che abbiano ragione quegli uomini

pratici e quegli psicologi che fanno risalire ogni attività umana a istinti egoistici. Per conto mio non riesco a capire perché un uomo che per tutta la vita serve una causa, trascura i divertimenti e il proprio benessere e si sacrifica per qualche cosa, non faccia nulla di sostanzialmente diverso di un altro che traffica con schiavi o munizioni e dà fondo ai guadagni conducendo vita allegra: ma, senza dubbio, in una discussione con un tale psicologo avrei subito la peggio e mi lascerei convincere del mio torto, dato che gli psicologi sono uomini che l'hanno sempre vinta. Ma, abbiano pure ragione. Allora anche tutto ciò che io considerai buono e bello e per cui feci sacrifici sarà stato soltanto un mio desiderio egoistico. Certo che nel mio progetto di scrivere qualcosa come una storia del pellegrinaggio in Oriente vedo ogni giorno più chiaramente l'egoismo: dapprima mi pareva di intraprendere un lavoro faticoso al servizio d'una causa nobile, ma sempre più mi accorgo che con la descrizione del viaggio aspiro precisamente allo scopo di Lukas col suo libro di guerra: a salvare cioè la mia vita ridandole un significato.

Purché potessi vedere la via! Purché procedessi almeno di un passo!

« Butti a mare Leo, si liberi di Leo » mi ha detto Lukas. Alla stessa maniera potrei buttare a mare la mia testa o il mio stomaco e liberarmene! Dio buono, aiutami Tu!

IV

Ora la cosa ha un altro aspetto, non so bene se la mia causa ne sia stata avvantaggiata o no, ma ho vissuto una cosa, mi è capitata una cosa che non avevo mai aspettato – oppure, non l'avevo forse aspettata, non l'avevo presentita, sperata e altrettanto temuta? Sì, proprio così. Eppure è meravigliosa e abbastanza inverosimile.
Parecchie volte, venti volte o più, ero passato, nelle ore che mi parevano opportune, per il Seilergraben e molte volte avevo passeggiato davanti alla casa n. 69/a, le ultime pensando: "Adesso faccio ancora una prova e se non succede niente non ritorno più". Invece ci ritornai sempre finché, ieri l'altro sera, il mio desiderio fu appagato. Oh, ecome fu appagato!
Mentre mi avvicinavo alla casa del cui intonaco verde-grigio conoscevo ormai ogni crepa e fessura, udii da una delle finestre superiori la melodia d'una canzonetta, o danza che fosse, fischiettata con le labbra. Non capivo ancora nulla, ma stetti in ascolto, quelle note erano un richiamo a qualcosa, e non so quale ricordo cominciò a liberarsi dal sonno. Era una musica volgare ma i suoni che quello

producevа fischiando con le labbra erano meravigliosamente dolci, belli e leggeri, enormemente puri, intonati e naturali come voci di uccelli. Stetti a sentire affascinato e nello stesso tempo stranamente oppresso, ma senza pensare a nulla. O per lo meno, se avevo un pensiero, era che chi sapeva fischiettare in quel modo doveva essere un uomo molto felice e simpatico. Stetti alcuni minuti nella via incantato, in ascolto. Passò di lì un vecchio con un viso scarno da ammalato e vedendomi fermo stette pure ad ascoltare, un istante solo, poi si allontanò facendomi un sorriso di intesa; il suo bello sguardo da vecchio presbite diceva pressappoco: "Rimani pur qua, non tutti i giorni si sente fischiettare così". L'occhiata del vecchio mi aveva rischiarato l'anima e mi dispiacque che egli se n'andasse. Nello stesso attimo, però, compresi che quel fischiettare era l'adempimento di tutti i miei desideri e chi fischiava doveva essere Leo. Era già il crepuscolo ma nessuna finestra si era ancora illuminata. La melodia con le sue ingenue variazioni era finita e tutto fu silenzio. "Adesso lassù accenderà il lume" pensai, ma tutto rimase buio. Poi udii aprirsi una porta, poco dopo un rumore di passi per le scale, il portone di casa si aprì adagio e ne uscì un tale il cui passo era esattamente come il fischiettare di prima: leggero, giocondo, ma teso, sano e giovanile. Si trattava di un uomo non alto, ma slanciato, a capo scoperto, e tosto il mio cuore avvertì con certezza: quello era Leo, non soltanto il Leo dell'annuario di indirizzi, ma Leo in persona, il nostro caro compagno di viaggio, il servitore Leo che a suo tempo, dieci o più anni prima, ci aveva tanto turbati e imbarazzati con la sua scomparsa. Nel momento della prima gioia e sorpresa per poco non lo chiamai. E ora ricordai, soltanto ora, che anche a quel tempo, durante il pellegrinaggio in Oriente, molte volte lo avevo udito fischiettare. Erano le note di allora, ma quanto stranamente diverse sonavano al mio orecchio. Un senso di pena mi ferì il cuore come una stilettata: oh, come era tutto diverso da allora il cielo, l'aria, le stagioni, i sogni, il sonno, il giorno e la notte! Quanto profondamente e paurosamente era mutata per me ogni cosa se un'aria fischiettata, il ritmo d'un passo noto, soltanto al ricordo del passato perduto, potevano colpirmi così nell'intimo, farmi tanto bene e tanto male!

L'uomo mi passò vicino, elastico e sereno portava la testa nuda sul collo nudo che usciva da una camicia turchina sbottonata; la bella e lieta figura scendeva come spinta dal vento la strada buia, quasi senza farsi sentire poiché portava sandali leggeri o scarpe da ginnastica. Io lo seguii senza alcuna intenzione. Come avrei potuto non seguirlo? Scese lungo la via e il suo passo, benché fosse leggero, giovanile e sciolto, era però serale, aveva lo stesso suono del crepuscolo, era connaturato con l'ora, coi suoni smorzati che venivano dal centro della città, con la mezza luce dei primi lampioni che incominciavano appunto a illuminarsi. Nei giardinetti presso St.-Pauls-Tor egli svoltò e scomparve tra i grandi cespugli a palla e io accelerai il passo per non perderlo. Ed eccolo di nuovo che passeggiava adagio sotto i lilla e le robinie. La viottola serpeggia in due anse attraverso i cespugli e un paio di panchine stanno al margine del praticello. Là, sotto le piante era già buio. Leo passò davanti alla prima panca dove c'era una coppia d'innamorati, la panca successiva era vuota. Egli si sedette, si appoggiò alla spalliera, abbandonò la testa all'indietro e stette a guardare le fronde e le nubi. Poi cavò da una tasca della giubba una scatoletta rotonda, una scatola di metallo bianco, la pose sulla panca accanto a sé, ne svitò il coperchio e si mise a frugarvi e a cavarne qualcosa che portava alla bocca e mangiava di gusto. Intanto io avevo camminato in su e in giù tra i cespugli; ora mi avvicinai a quella panca e mi sedetti sull'altro capo. Egli alzò lo sguardo, mi guardò in faccia con gli occhi grigi e chiari e continuò a mangiare. Erano frutta secche, alcune susine e mezze albicocche. Le prendeva l'una dopo l'altra con due dita, premeva e tastava un po' ciascuna, se le metteva in bocca e masticava a lungo con piacere. Ci volle del tempo perché prendesse l'ultima e la mangiasse. Poi, chiusa la scatola, se la mise in tasca, si appoggiò alla spalliera e stese le gambe. Allora vidi che le scarpe di stoffa avevano le suole di corda.

« Questa notte avremo la pioggia » disse a un tratto non capii se a me o a se stesso.

« Può ben darsi » dissi un po' imbarazzato poiché, se non mi aveva ancora riconosciuto dall'aspetto e dal passo, poteva capitare, anzi mi aspettavo con certezza che ora mi riconoscesse dalla voce.

Invece no, non mi riconobbe affatto, neanche dalla voce, e benché ciò corrispondesse al mio desiderio iniziale, provai una grande delusione. Non mi riconosceva. Mentre lui in dieci anni era rimasto sempre uguale e non pareva punto invecchiato, la mia condizione era diversa, tristemente diversa.

« Lei sa fischiare molto bene » osservai. « Ho sentito poco fa, laggiù nel Seilergraben. Mi è piaciuto molto. Una volta ero musicista anch'io ».

« Musicista? » disse gentilmente. « È una bella professione. E ora l'ha abbandonata? ».

« Sì, per qualche tempo. Ho venduto persino il violino ».

« Davvero? Peccato. Si trova in cattive acque? O magari ha fame? A casa ho ancora da mangiare, e qualche marco ce l'ho in tasca ».

« No, no, » mi affrettai a dire « non si tratta di questo. Vivo in ottime condizioni, ho più di quanto mi occorre. Ma la ringrazio molto, lei è stato molto cortese a invitarmi. Non è facile incontrare persone gentili ».

« Crede? Ma! sarà così. Gli uomini non sono tutti uguali, molte volte sono bizzarri. Anche lei è bizzarro ».

« Io? Perché? ».

« Vede, possiede abbastanza denaro e va a vendere il violino! La musica non le dà più gioia? ».

« Invece sì, ma talvolta avviene che uno non abbia più gioia di ciò che prima gli era caro. Capita che un musicista venda il violino o lo sbatta contro il muro o che un giorno un pittore dia alle fiamme tutti i suoi quadri. Non ha mai sentito cose di questo genere? ».

« Sì, sì. In questi casi avviene per disperazione. Anche questo succede. Ho conosciuto due persone che si sono uccise. Gente stupida ce n'è al mondo e fanno pena. Talvolta non si può farci niente. Ma lei che cosa fa ora se non possiede più il violino? ».

« Oh, mi arrangio. A dire il vero non faccio molto, non sono più giovane e spesso sono anche malato. Ma lei perché continua a parlare del violino? Non è poi tanto importante ».

« Il violino mi ha fatto pensare a re Davide ».

« A re Davide? Che c'entra quello? ».

« Anche lui era musicista. Giovanissimo, faceva musica per il re Saul e così scacciava via il suo cattivo umore. Poi diventò re lui stesso, un grande re pieno di preoccupazioni, con un mucchio di capricci e di affanni. Portò la corona, fece guerre e così via, e commise anche vere bassezze e diventò molto famoso. Ma quando penso alla sua storia, la cosa più bella è il giovane David con l'arpa, mentre suona per il povero Saul, e mi sembra un peccato che in seguito sia diventato re. Era molto più felice e simpatico quando faceva il musicante ».

« Certo » esclamai un po' vivacemente. « Certo che allora era più giovane, più simpatico, più felice. Ma l'uomo non rimane perennemente giovane e il suo David sarebbe diventato col tempo più vecchio, più brutto, più preoccupato, anche se avesse continuato a fare il musicante. E per questo diventò il grande Davide, compì le sue gesta e compose i Salmi. La vita non è soltanto un giuoco ».

A questo punto Leo si alzò e salutò.

« Scende la notte, » disse « e tra poco pioverà. Non so gran che delle gesta di Davide e non so se furono proprio grandi. E anche dei Salmi, per essere sincero, non ne so molto. Non potrei dirne male. Ma non c'è Davide capace di dimostrarmi che la vita non sia soltanto un giuoco. Proprio questo è la vita quando è bella e felice: un giuoco! Naturalmente se ne può fare qualunque altra cosa, un dovere, una guerra, una prigione, ma non per questo diventa più bella. Arrivederci. Molto lieto ».

Con quel suo passo leggero, attento e benevolo si avviò, quel caro strano uomo, e stava per scomparire quando ogni mio ritegno crollò. Disperato gli corsi dietro e lo chiamai implorando: « Leo, Leo! Lei non è forse Leo? Non mi conosce più? Siamo stati confratelli e dovremmo esserlo ancora. Siamo partiti insieme per il viaggio in Oriente. Leo, mi ha davvero dimenticato? Davvero non sa più nulla dei Custodi della Corona, di Klingsor e Boccadoro, della festa a Bremgarten, della gola di Morbio Inferiore? Leo, abbia pietà! ».

Egli non scappò come avevo temuto, ma non tornò neanche indietro. Proseguì tranquillo come non avesse udito nulla, ma mi lasciò il tempo di raggiungerlo e parve non avesse nulla in contrario a che mi accompagnassi a lui.

« Lei è molto turbato e affannato » disse con bontà. « Non sta bene. Ciò sfigura il viso e provoca malattie. Andiamo adagio adagio, così ci si calma. E questo paio di gocce di pioggia – strano, vero? cadono dall'aria come acqua di colonia ».

« Leo, » pregai « abbia compassione! Mi dica una sola parola: mi conosce ancora? ».

« Ecco, » disse per calmarmi e continuando a parlare come a un malato o ubriaco « ecco, adesso passa. È stata soltanto l'agitazione. Lei chiede se la conosco? Quale uomo conosce mai l'altro o sia pure se stesso? E io, vede, non sono affatto un conoscitore di uomini. Non m'interessa. I cani sì, li conosco molto

bene, e anche gli uccelli e i gatti. Ma lei, signore, non la conosco proprio ».
« Ma lei fa ben parte della Lega? Non c'era anche lei, quella volta, al pellegrinaggio? ».
« Io sono sempre in cammino, signore, e appartengo sempre alla Lega. C'è molta gente che va e viene, ci si conosce e non ci si conosce. Coi cani è molto più facile. Stia attento! Si fermi un istante! ».
E alzò un dito ammonitore. Eravamo nella buia via dei giardini che sempre più si copriva di un velo di umidità. Leo allungò le labbra e mandò un fischio leggero, lungo, vibrante. Attese un momento, fischiò un'altra volta e io mi spaventai non poco allorché all'improvviso davanti a noi, oltre la cancellata del giardino presso cui stavamo, sbucò dai cespugli un grosso cane lupo e uggiolando di gioia si strusciò contro i cancelli per essere accarezzato dalla mano di Leo tra le sbarre e i fili metallici. Gli occhi del grosso animale mandavano lampi verdi e, ogniqualvolta il suo sguardo m'incontrava, gli usciva dalla gola un ringhio profondo, appena percettibile, come un tuono lontano.
« Questo è il cane lupo Necker » disse Leo presentandolo. « Siamo ottimi amici. Questo, Necker, è un ex violinista, non devi fargli del male, neanche abbaiare ».
Eravamo fermi e attraverso la cancellata Leo carezzava teneramente l'umido pelo del cane. In verità era una bella scena ed ero molto

contento di vedere quanto egli fosse amico di quella bestia e quanta gioia gli facesse quell'incontro notturno; ma nello stesso tempo mi addolorava e mi pareva insopportabile che Leo coltivasse un'amicizia così confidenziale con quel cane lupo e probabilmente con molti, forse con tutti i cani della contrada, mentre un mondo di estraneità lo separava da me. L'amicizia e la fiducia che imploravo umiliandomi mi pareva fossero donate non solo al cane Necker ma a ogni animale, a ogni goccia di pioggia, a ogni palmo di terreno che Leo calpestava, sembrava che egli si prodigasse continuamente, fosse sempre in fluido rapporto, in vibrante comunione con quel che gli era intorno, conoscesse tutti, fosse da tutti conosciuto e amato, mentre soltanto verso di me, che così profondamente lo amavo e tanto bisogno avevo di lui, non lo conducesse alcuna via, soltanto da me si staccasse considerandomi con freddezza e precludendomi il suo cuore, soltanto me avesse cancellato dalla memoria.

Proseguimmo adagio, mentre il cane lupo dall'altra parte dei cancelli lo accompagnava con sommessi mugolii di gioia e simpatia senza però dimenticare la mia molesta presenza, perché ancora alcune volte per amore di Leo represse in gola quel ringhio minaccioso di repulsione e ostilità.

« Mi perdoni, » ripresi a dire « io mi attacco

a lei e le rubo il tempo, mentre lei vorrà naturalmente rincasare e andare a letto ».

« Che cosa dice? » rispose sorridendo. « Sono ben disposto a passeggiare così tutta la notte, non mi mancano né il tempo né la voglia, sempre che non sia troppo per lei ».

Lo disse così, con molta gentilezza e certo senza secondi fini. Ma non appena erano state pronunciate quelle parole, sentii improvvisamente in testa e in tutte le giunture quanto ero stanco, quanto mi pesava ogni passo di quella inutile e per me tanto umiliante passeggiata notturna.

« È vero, » osservai sconfitto « sono molto stanco, soltanto adesso me ne accorgo. D'altro canto non ha senso andare in giro così di notte sotto la pioggia e dar noia al prossimo ».

« Come crede » disse lui cortesemente.

« Oh, signor Leo, allora, durante quel viaggio in Oriente, lei non parlava così con me. Ha dimenticato tutto davvero? . . . Via, non importa, non la tratterrò oltre. Buona notte ».

Egli scomparve rapidamente nella notte nera e io rimasi solo, allocchito, sconcertato: avevo perduto la partita. Egli non mi conosceva, non voleva conoscermi, si faceva beffe di me. Ritornai sui miei passi, il cane Necker abbaiava furioso dietro la cancellata. Nella calda umidità della notte estiva gelavo dalla stanchezza, dalla malinconia e dalla solitudine.

Anche in anni precedenti avevo sofferto ore simili. Allora, nei momenti di disperazione, mi era parso di essere giunto, pellegrino smarrito, all'estremo margine del mondo, dove ormai non ci fosse altro da fare che seguire l'ultimo desiderio: lasciarmi cadere dal margine del mondo nel vuoto, nella morte. Col tempo quella disperazione era ritornata spesso, ma il violento stimolo al suicidio si era mutato e quasi spento. La 'morte' non era più per me un nulla, un vuoto, una negazione. Anche molte altre cose erano mutate. Ormai prendevo le ore della disperazione come si prendono i forti dolori fisici: si sopportano con lamenti o con rabbia, si sente che s'inaspriscono e aumentano, si prova una curiosità ora furibonda, ora beffarda, di vedere fin dove si può ancora arrivare, quanto il dolore potrà ancora aumentare.
Tutto il fastidio della mia vita delusa, che dopo il mio solitario ritorno dal fallito pellegrinaggio in Oriente si era fatta sempre più futile e scoraggiata, ogni mancanza di fiducia in me stesso e nelle mie capacità, ogni invidiosa e pentita nostalgia dei tempi buoni e grandi che un giorno avevo vissuti, crebbero come dolore entro di me, crebbero in altezza come un albero, come una montagna, si allargarono e si concentrarono nella mia nuova impresa, nella iniziata Storia del pellegrinaggio in Oriente e della Lega. Ora non mi pareva più che questo lavoro fosse desiderabile

o prezioso. Preziosa mi pareva soltanto una speranza: di purificarmi un poco e redimermi mediante quel lavoro, mediante la mia dedizione al ricordo di quei grandi tempi e di rimettermi in collegamento con la Lega e con le passate esperienze.
Giunto a casa accesi il lume, sedetti alla scrivania col cappello in testa, senza togliermi gli abiti bagnati, e scrissi una lettera, scrissi dieci, dodici, venti pagine di lamenti, di contrizione, di umile preghiera a Leo. Gli descrissi la mia misera condizione, evocai per lui le immagini delle comuni esperienze, le figure dei comuni amici di allora, gli esposi le immense, diaboliche difficoltà, contro le quali stava naufragando la mia nobile impresa. Non sentivo più la stanchezza del momento, scrivevo con grande ardore. Nonostante tutte le difficoltà, scrissi, avrei preferito subire il peggio anziché tradire uno solo dei segreti della Lega, e a onta di tutto avrei cercato di portare a termine la mia opera per ricordare il pellegrinaggio in Oriente ed esaltare la Lega. Come scosso dalla febbre empii una pagina dopo l'altra di parole frettolose, senza riflessione, senza alcuna fede; i lamenti, le accuse, le autoaccuse sgorgavano da me come acqua da un orcio infranto, senza speranza di risposta, alla ricerca soltanto di uno sfogo. Nella notte stessa portai la grossa lettera così disordinata nella più vicina cassetta postale. Infine – era già quasi l'alba – spensi

la luce, passai nella piccola mansarda attigua alla mia stanza di soggiorno e mi coricai. Mi addormentai subito e dormii pesantemente a lungo.

V

Il giorno seguente, allorché dopo essermi più volte svegliato e riaddormentato mi destai col mal di capo, ma riposato, trovai con mia infinita sorpresa, con gioia e anche imbarazzo, Leo nella mia stanza di soggiorno. Era seduto sullo spigolo di una sedia e pareva che stesse aspettando da parecchio tempo.

« Leo, » esclamai « è venuto in casa mia! ».

« Mi ci hanno mandato » rispose. « È la Lega che mi manda. Lei mi ha scritto una lettera in proposito. L'ho consegnata ai Superiori. L'Eccelso Seggio l'aspetta. Possiamo andare? ».

Costernato mi affrettai a mettermi le scarpe. La scrivania, non riordinata, aveva ancora, della notte, qualcosa di confuso e sconvolto, lì per lì quasi non mi ricordavo che cosa avessi scritto poche ore prima nella mia agitazione e angoscia. Comunque fosse, non avevo scritto invano. Qualche cosa era successo: era venuto Leo.

Dopo un poco afferrai il significato delle sue parole. Dunque c'era ancora una « Lega » della quale non sapevo più nulla, la quale esisteva senza di me e non mi aveva più considerato un adepto. La Lega esisteva ancora,

esisteva l'Eccelso Seggio, c'erano i Superiori che mi mandavano a chiamare! A questa notizia mi vennero i sudori caldi e freddi. Ero vissuto in quella città per settimane e mesi, occupato a scrivere intorno alla Lega e al nostro pellegrinaggio senza sapere se e dove c'erano ancora i resti di quella Lega, se io non fossi eventualmente l'ultimo rimasuglio; anzi, a dire il vero, in certi momenti non ero stato neanche sicuro se la Lega e la mia appartenenza a essa fossero mai state cose reali. E ora ecco Leo mandato dalla Lega a prendermi. Ancora qualcuno si ricordava di me, mi si chiamava, si voleva ascoltarmi, forse anche giudicarmi. Per parte mia ero pronto. Ero pronto a dimostrare di non aver tradito la Lega, pronto a obbedire. Mi castigassero o mi perdonassero, fin da ora ero disposto ad accettare tutto da loro, a dar loro ragione in tutto e a prestare obbedienza.
Uscimmo, Leo mi precedette e ancora una volta come molti anni prima osservandolo e notando il suo passo dovetti riconoscere con ammirazione che era un buon servitore, un servitore perfetto. Davanti a me camminava per le vie con passo elastico, paziente, e mi indicava il percorso, tutto guida, tutto al servizio dell'incarico avuto, tutto funzione. Pure mise a ben dura prova la mia pazienza. La Lega mi aveva chiamato, l'Eccelso Seggio mi aspettava, tutta la mia vita era in giuoco, si trattava di decidere del mio avve-

nire, tutta la mia vita passata doveva acquistare un significato o perderlo del tutto, tremavo dall'attesa, dalla gioia, dalla paura, dalla soffocante ansietà. Perciò la via segnatami da Leo pareva intollerabilmente lunga alla mia impazienza, dovendo per più di due ore seguire la mia guida nei giri più strani e, secondo me, più capricciosi. Due volte Leo mi fece aspettare a lungo davanti a una chiesa nella quale era entrato a pregare, per un tempo che mi parve infinito rimase assorto in contemplazione davanti al vecchio Municipio e mi parlò della sua fondazione nel secolo XV da parte di un celebre membro della Lega, e per quanto il suo cammino paresse attento, zelante e consapevole, ero tutto sconcertato dalle deviazioni e giravolte, dai tratti a zig zag per i quali si avvicinava alla meta. Il percorso che richiese l'intera mattinata si sarebbe potuto fare benissimo in un quarto d'ora.

Infine mi condusse in una via silenziosa della periferia, in un vasto e tranquillo edificio che di fuori si sarebbe detto un palazzo per uffici o un museo. Non vi si vedeva anima viva, corridoi e scale erano deserti e rimbombavano dei nostri passi. Leo incominciò a cercare nei corridoi, su per le scale, nelle anticamere. A un certo punto aprì cautamente una gran porta dalla quale si poté vedere un farraginoso studio di pittore dove davanti a un cavalletto stava in maniche di camicia il pittore Klingsor – da quanti anni non vedevo più quel viso amato! Ma non ebbi il coraggio di salutarlo, non era il momento, io ero atteso, ero invitato. Klingsor non badò molto a noi; salutò Leo con un cenno, non vide me o nón mi riconobbe e con un gesto amichevole ma risoluto ci mandò via in silenzio, non tollerando di essere disturbato nel suo lavoro.

Finalmente nella parte più alta dell'immenso edificio arrivammo in un solaio dove si sentiva un odore di carta e cartone, e lungo le pareti per molte centinaia di metri si vedevano sportelli di armadi, dorsi di volumi e fasci di documenti: un archivio enorme, una grandiosa cancelleria. Nessuno si curò di noi, tutti lavoravano in silenzio; ebbi l'impressione che tutto il mondo, compreso il firmamento stellato, fosse governato di lì o almeno registrato e sorvegliato. Rimanemmo a lungo in attesa, intorno a noi giravano senza far rumore, con le mani piene di schede e cataloghi, numerosi bibliotecari e archivisti che appoggiavano scale e vi salivano, mentre montacarichi e carrelli erano in moto sommesso. Infine Leo si mise a cantare. Commosso ascoltai quelle note che una volta mi erano tanto familiari: era la melodia di uno dei canti della Lega. A quel canto tutto si mise in movimento. I funzionari si ritirarono, la sala si allungò verso sfumanti lontananze, piccoli e irreali lavoravano i diligenti impiegati al fondo dell'immenso paesaggio degli archivi; ma la zona vicina si vuotò del tutto, si allargò solennemente, nel mezzo apparvero numerose sedie ben allineate e, un po' dal fondo, un po' dalle numerose porte della sala si fecero avanti molti Superiori, i quali andarono a mano a mano a occupare tranquillamente le sedie. Le file si empirono l'una dopo l'altra, elevandosi gradualmente ad anfiteatro e culminando in un grande trono che non era ancora occupato. Il solenne sinedrio empì la sala fino al trono. Leo mi guardò come per ammonirmi ad aver pazienza, a tacere rispettosamente, e a un tratto scomparve in mezzo ai Superiori e non mi riuscì più di rintracciarlo. Vidi invece qua e là, tra i Superiori che si adunavano intorno all'Eccelso Seggio, qualche figura nota, seria o sorridente, vidi Alberto Magno, il barcaiolo Vasudeva, il pittore Klingsor e altri.

Infine si fece silenzio e venne avanti il Fiduciario. Piccolo e isolato mi trovai di fronte all'Eccelso Seggio, pronto a tutto, con grande paura, ma anche pienamente d'accordo con ciò che si sarebbe fatto e deciso.

La voce del Fiduciario squillò chiara e pacata nella sala. « Autoaccusa di un confratello fuggito » lo udii annunciare. Le ginocchia mi tremarono. Si trattava della vita, ma era bene che fosse così, tutto doveva ora essere in ordine. Il Fiduciario continuò: « Lei si chiama H. H., vero? Ha preso parte alla marcia attraverso la Svevia superiore, alla festa di Bremgarten? Poco dopo Morbio Inferiore, ha diser-

tato? Confessa di voler scrivere una storia del pellegrinaggio in Oriente? Si considera ostacolato dal voto del silenzio intorno ai segreti della Lega? ».
A ogni domanda risposi di sì, anche a quelle per me incomprensibili e spaventevoli.
Per un po' i Superiori confabularono fra loro sussurrando e gesticolando. Il Fiduciario si fece avanti un'altra volta e annunciò:
« L'accusatore di se stesso è qui autorizzato a mettere in pubblico qualunque legge e qualunque segreto della Lega gli siano noti. Oltre a ciò gli viene messo a disposizione per il suo lavoro l'intero archivio della Lega ».
Ciò detto si ritirò, i Superiori si separarono e si perdettero lentamente o nella sala profonda o attraverso le uscite, e l'enorme salone s'immerse nel silenzio. Guardandomi intorno ansiosamente vidi davanti a me, su un tavolo d'ufficio, dei fogli di carta che mi parvero noti, e infatti prendendoli vi riconobbi il mio lavoro, il manoscritto che avevo incominciato. « Storia del pellegrinaggio in Oriente, scritta da H. H. » si leggeva sulla copertina azzurra. Mi buttai sopra, scorrevo le pagine dalla scrittura esile, stretta, spesse volte cassata e corretta, preso dalla smania di lavorare, conscio della licenza che mi era data di portare finalmente a termine quel compito con l'approvazione, anzi con l'aiuto, superiore. Se consideravo che nessuna promessa mi legava ormai la lingua e che potevo disporre dell'archi-

vio, di quell'immenso, insondabile tesoro, il compito mi appariva più grande e più onorevole che mai.
Ma quanto più m'inoltravo nella lettura del mio manoscritto, tanto meno questo mi piaceva, anzi, neanche nelle ore più disperate mi era sembrato così inutile e assurdo come ora. Tutto mi appariva confuso, senza capo né coda, i più chiari concatenamenti erano svisati, le cose più ovvie dimenticate, le secondarie e indifferenti messe in primo piano! Bisognava ricominciare da capo. Mentre ripercorrevo così il manoscritto, non potei fare a meno di dare un frego a un periodo dopo l'altro, e mentre lo facevo, essi mi si sbriciolavano sulla carta, le lettere chiare e appuntite si disgregavano in frammenti capricciosi, in linee e punti, in cerchi, fiori e stellette, e le pagine si coprivano di ornamenti graziosamente insulsi come in una tappezzeria. Dopo un poco non rimase più nulla del mio testo, rimase invece molta carta bianca per il mio lavoro. Raccolsi i pensieri e mi resi conto che prima non mi era stato possibile dare un resoconto chiaro e oggettivo perché si trattava sempre di segreti che, in seguito al mio giuramento, non dovevo palesare. Avevo bensì cercato la scappatoia di prescindere da una esposizione storica oggettiva e di limitarmi alle mie esperienze personali senza considerare le superiori connessioni, mete e intenzioni. Ma si era ben visto dove s'andava

a finire in quel modo. Adesso invece non c'erano più limitazioni, né obbligo di silenzio, ero ufficialmente autorizzato e per giunta potevo servirmi dell'inesauribile archivio. Era chiaro: se anche la mia passata fatica non si fosse risolta in ghirigori ornamentali, in ogni caso dovevo cominciare di nuovo, motivare e ricostruire di nuovo tutto. Decisi di premettere una succinta storia della Lega, della sua fondazione e dei suoi statuti. Gli schedari chilometrici, enormi, infiniti, su tutti i tavoli che laggiù si perdevano in lontananza e nella penombra, dovevano avere una risposta per ogni mio quesito.

Anzitutto decisi di interrogare l'archivio con alcuni assaggi, dovendo imparare a servirmi di quel gigantesco apparato. Per primo, s'intende, cercai l'atto di fondazione della Lega.

« Atto di fondazione della Lega » diceva lo schedario. « Vedi sezione Crisostomo, ciclo V, strofa 39,8 ». Trovai infatti quasi automaticamente la sezione, il ciclo, la strofa: l'archivio era ordinato in modo meraviglioso. Ed ecco che mi trovai fra le mani l'atto di fondazione! Dovevo però aspettarmi di non saperlo leggere. Così fu, infatti. Era scritto, mi parve, in lettere greche e io un po' di greco lo capivo; se non che era una scrittura molto antiquata e insolita, i cui segni nonostante l'apparente chiarezza mi risultavano per la maggior parte illeggibili, e d'altro canto il testo era concepito in un dialetto o in una lingua segreta di adepti, della quale capivo soltanto qualche rara parola per assonanza e analogia. Ma non per questo mi scoraggiai. Se anche l'atto era illeggibile, da quei segni mi vennero incontro vivaci ricordi di allora, in particolare rividi chiaro e quasi tangibile l'amico Longus che nel giardino notturno tracciava lettere greche ed ebraiche, e i segni si perdevano nella notte sotto la specie di uccelli, draghi e serpenti.

Sfogliando il catalogo rabbrividii al pensiero della mole di ciò che mi attendeva. Incontrai parecchie parole familiari, parecchi nomi ben noti. Ebbi una scossa quando incontrai anche il mio proprio nome, ma non ebbi il coraggio d'interrogare l'archivio a questo proposito: chi potrebbe sopportare la sentenza pronunciata da un tribunale onnisciente su di lui? Trovai invece il nome del pittore Paul Klee, che conoscevo fin dal pellegrinaggio ed era amico di Klingsor. Cercai il suo numero nell'archivio e vi trovai una piastrina d'oro smaltato, probabilmente antichissima, sulla quale era dipinto o inciso un trifoglio[1] che su una foglia presentava una barchetta azzurra con la vela, sulla seconda un pesce dalle squame multicolori, mentre la terza sembrava un modulo da telegrammi dove si leggeva:

[1] *Klee* in tedesco significa 'trifoglio'.

So blau wie Schnee
So Paul wie Klee[1]

Provai una gioia malinconica anche leggendo di Klingsor, di Longus, di Max e Tilli, e non resistetti alla voglia di sapere particolari sul conto di Leo. La sua scheda diceva:

Cave!
Archiepisc. XIX. Diacon. D. VII.
cornu Ammon. 6
Cave!

Il doppio monito « cave » mi fece impressione e non ebbi il coraggio di penetrare in quel mistero. Ma a ogni nuovo tentativo compresi sempre meglio quale inaudita quantità di materia, di sapere, di formule magiche contenesse l'archivio. Secondo me, conteneva addirittura l'intero universo.
Dopo felici o conturbanti scorribande in numerosi campi del sapere ritornai più volte alla scheda di Leo con una curiosità sempre più grande. Ogni volta però quel duplice « cave » mi tratteneva. In compenso, frugando in un'altra cassetta di schede mi venne sott'occhio la parola « Fatma » con questa nota:

princ. orient. 2
noct. mill. 983
hort. delic. 07

[1] Letter. "Azzurro come neve / Paul come Klee".

Cercai e trovai la posizione nell'archivio. Vi era un minuscolo medaglione apribile che conteneva un ritratto in miniatura, il ritratto di una principessa deliziosa che in quell'istante mi rammentò tutte le mille e una notte, tutte le fiabe della mia giovinezza, tutti i sogni e i desideri di quel tempo grandioso in cui per andare in Oriente da Fatma avevo compiuto il mio noviziato e mi ero fatto accogliere nella Lega. Il medaglione era avvolto in un pezzo di seta viola, sottile come una ragnatela; lo annusai e mi accorsi che sapeva di principessa e di Oriente in modo ineffabilmente lontano, lieve come un sogno. E mentre aspiravo quel lontano e sottile profumo magico, ebbi improvvisa e potente questa intuizione: che allora avevo iniziato, avvolto in un soave incanto, il pellegrinaggio in Oriente, che questo era fallito per ostacoli perfidi e in complesso ignoti, che la magia si era poi sempre più dileguata e che da quel momento il deserto, la freddezza e la squallida disperazione erano state il mio respiro, il mio pane, la mia bevanda. Non vidi più né la stoffa né il ritratto: tanto era fitto il velo delle lacrime che mi sgorgavano dagli occhi. Sentivo che oggi purtroppo il ritratto della principessa araba non sarebbe sufficiente a corazzarmi contro il mondo e l'inferno e a fare di me un cavaliere e un crociato. Oggi ci vorrebbero altri e più potenti incantesimi. Ma quanto era stato dolce, quanto innocente, quanto sacro il sogno che la mia giovinezza aveva inseguito, che aveva fatto di me il lettore di fiabe, il musicante, il novizio, e mi aveva condotto fino a Morbio!

Un rumore mi riscosse, la profondità infinita dell'archivio mi guardava da ogni parte in modo inquietante. Una nuova idea, un nuovo dolore mi colpì come una folgore: io, ingenuo, avevo voluto scrivere la storia della Lega, io che non ero capace di decifrare e meno ancora di comprendere neanche la millesima parte di quei milioni di scritti, libri, immagini e disegni raccolti nell'archivio! Annichilito, infinitamente sciocco e ridicolo, incapace di capire me stesso, ridotto a un granellino di polvere, mi vidi in mezzo alle cose con le quali mi avevano permesso di giocare un poco per farmi sentire che cosa fosse la Lega, che cosa fossi io stesso.

Dalle numerose porte entrarono i Superiori in numero infinito; alcuni ne potei riconoscere anche attraverso le lacrime. Vidi il mago Jup, l'archivista Lindhorst, Mozart travestito da Pablo. L'augusto consesso si venne adunando sulle numerose file di sedie le quali erano in leggera salita e diventavano sempre più strette, mentre sopra il trono che stava in cima vidi scintillare un baldacchino d'oro.

Il Fiduciario si fece avanti e proclamò: « La Lega è disposta a pronunciarsi per bocca dei suoi Superiori sul conto dell'autoaccusatore

H., il quale si sentiva chiamato a tenere nascosti i segreti della Lega, e ora ha compreso quanto fosse strana e blasfema la sua intenzione di scrivere la storia di un pellegrinaggio che era superiore alle sue forze e la storia di una lega nella cui esistenza non credeva più e alla quale aveva negato fedeltà ».
Rivolgendosi a me esclamò con la sua limpida voce di araldo: « Autoaccusatore H., sei disposto a riconoscere il tribunale e ad assoggettarti alla sua sentenza? ».
« Sì » fu la mia risposta.
« Autoaccusatore H., » proseguì « sei d'accordo che il tribunale dei Superiori ti giudichi senza la presidenza del Capo supremo o pretendi di essere giudicato dal Capo supremo? »
« Sono d'accordo » dissi « con la sentenza dei Superiori, sia essa formulata con o senza la presidenza del Capo supremo ».
Il Fiduciario stava per replicare quando dal fondo della sala si udì una voce tranquilla: « Il Capo supremo è disposto a pronunciare lui la sentenza ».
Il suono di quella voce destò in me strani brividi. Dalle profondità della sala, dagli orizzonti di deserto dell'archivio, si avanzò un uomo: lieve e pacifico era il suo passo, la sua veste scintillante d'oro; si avanzò nel silenzio dell'assemblea e io ne riconobbi l'andatura, i movimenti e infine il viso. Era Leo. In paludamenti solenni e magnifici salì come un papa attraverso le file dei Superiori fino

all'Eccelso Seggio. Portava su per i gradini lo splendore della veste come uno stupendo fiore esotico, e ogni fila di Superiori si alzava salutando al suo passaggio. Con cura e umiltà egli portava la dignità raggiante, proprio come un pio papa o patriarca porta umilmente le proprie insegne.

Ero tutto proteso nell'aspettazione della sentenza che ero pronto ad accettare umilmente, fosse castigo o grazia; non meno profondamente ero commosso al pensiero che a capo di tutta la Lega c'era ora Leo, l'ex servitore e portabagagli, pronto a giudicarmi. Ma più ancora ero colpito, commosso, costernato e felice per la grande scoperta della giornata: che cioè la Lega esisteva potente e incrollabile come sempre, che non Leo né la Lega mi avevano abbandonato e deluso, ma ero stato io così debole e stolto da svisare le mie esperienze, da dubitare della Lega, da considerare fallito il pellegrinaggio in Oriente e da scorgere in me stesso il sopravvissuto e il cronista d'una storia liquidata e arenata, mentre non ero che un fuggitivo, un apostata, un disertore. Questa scoperta era accompagnata dallo spavento e da un senso di felicità. Piccolo e umile stavo ai piedi dell'Eccelso Seggio, dal quale un giorno ero stato accolto come fratello nella Lega, dal quale a suo tempo avevo ottenuto la consacrazione a novizio e l'anello e, come il servitore Leo, ero stato inviato al pellegrinaggio. E in mezzo

a tutto ciò un nuovo peccato, una nuova inesplicabile omissione, una nuova vergogna si insinuò nel mio cuore: non avevo più l'anello, l'avevo perduto, non sapevo neanche quando e dove, fino a quel momento non ne avevo nemmeno avvertito la mancanza!
Intanto il Capo supremo, Leo, tutto ornato d'oro, cominciò a parlare con voce soave e le sue parole dolci e benefiche mi piovvero addosso come un raggio di sole.
« L'accusatore di se stesso » disse la voce dal trono « ha avuto occasione di liberarsi da alcuni dei suoi errori. Molte cose sono contro di lui. Si può anche comprendere e scusare che abbia rotto fede alla Lega, che ad essa abbia rinfacciato la propria colpa e stoltezza, che abbia dubitato della vita di essa, della sua continuazione, che abbia coltivato la strana ambizione di diventare lo storiografo della Lega. Tutte cose che non hanno gran peso. Sono, me lo permetta l'accusatore di se stesso, nient'altro che stupidaggini di novizio Noi le liquidiamo con un sorriso ».
Trassi un profondo respiro e tutta l'alta assemblea abbozzò un lieve sorriso. Se i più gravi dei miei peccati, persino la mia illusione che la Lega non esistesse più e io fossi l'ultimo fedele rimasto, erano considerati soltanto « stupidaggini », soltanto ragazzate, me ne veniva un immenso sollievo, anche perché in questo modo ero riportato severissimamente entro i miei limiti.

« Ma, » continuò Leo la cui dolce voce divenne ora seria e turbata « ma all'accusato sono da imputare anche altri peccati molto più gravi e il peggio è che egli non si accusa di questi peccati, ma pare che non se ne renda conto. Si rammarica di aver fatto torto alla Lega nei suoi pensieri, non sa perdonarsi di non aver saputo vedere nel servitore Leo il supremo detentore del trono ed è quasi sul punto di riconoscere quanto fosse grande la sua infedeltà. Ma mentre prese troppo sul serio questi peccati di pensiero e queste stoltezze e soltanto in questo momento si accorge con sollievo che si possono liquidare mediante un sorriso, egli si ostina a dimenticare le sue vere colpe che sono legione e ciascuna delle quali è abbastanza grave per meritare solenne punizione ».
Il cuore mi batteva in petto con grande ansietà. Leo si rivolse a me: « Imputato H., più tardi lei imparerà a vedere i suoi errori e le verrà indicata anche la via per evitarli in avvenire. Ora, soltanto per mostrarle quanto poco lei si renda conto della sua posizione le domando: ricorda la sua traversata della città in compagnia del servitore Leo che era incaricato di condurla davanti all'Eccelso Seggio? Sì, lei, se ne ricorda. E ricorda che siamo passati davanti al Municipio, alla chiesa di San Paolo, al Duomo e che il servitore Leo vi entrò per inginocchiarsi e pregare, mentre lei non solo rinunciò a entrare e a pregare, con-

trariamente al quarto paragrafo del suo voto, ma rimase fuori impaziente e annoiato ad attendere la fine di quella molesta cerimonia che a lei pareva tanto superflua e per lei non era che una odiosa prova della sua egoistica impazienza? Sì, lei se ne ricorda. Col suo comportamento davanti al portone del Duomo lei ha calpestato tutti i postulati fondamentali e gli usi della Lega, ha disprezzato la religione, trascurato un confratello, si è sottratto con dispetto all'occasione e all'invito alla preghiera e alla concentrazione. Il peccato sarebbe imperdonabile se non ci fossero particolari circostanze attenuanti ».

Ora mi aveva colpito in pieno. Ora si mettevano sul tappeto non soltanto le cose secondarie, non soltanto le stupidaggini. Egli aveva ragione più che mai. E mi colpì nel cuore.

« Non vogliamo enumerare » proseguì il Capo supremo « tutti gli errori dell'imputato, considerando che non deve essere giudicato secondo la lettera, e noi sappiamo benissimo che basta un nostro monito per ridestare la coscienza dell'imputato e farne un autoaccusatore pentito.

« Comunque sia, autoaccusatore H., io devo darle il consiglio di portare anche qualche altra sua azione davanti al tribunale della sua coscienza. Devo rammentarle la sera in cui andò in cerca del servitore Leo desiderando di essere da lui riconosciuto come confratello, benché ciò fosse impossibile, poiché lei si era reso così irriconoscibile in quanto confratello? Devo ricordarle ciò che disse al servitore Leo? La vendita del violino? La vita disperata, stolta, angusta, da suicida che ha condotto da anni?

« C'è anche un'altra cosa, confratello H., che non devo tacere. Certamente è possibile che quella sera il servitore Leo le abbia fatto torto col pensiero. Supponiamo che sia così. Leo è stato forse un po' troppo severo, troppo razionale, non ha avuto forse sufficiente indulgenza e senso di umorismo per lei e per le sue condizioni. Esistono però istanze superiori e giudici più sicuri del servitore Leo. Quale fù il giudizio dell'animale sul suo conto? Si ricorda del cane Necker? Rammenta il ripudio e la condanna pronunciati contro di lei? E l'animale incorruttibile, non è partigiano, non è un confratello ».

Qui fece una pausa. Sì, in verità Necker, il cane lupo, mi aveva ripudiato e condannato. Risposi di sì, la sentenza era già pronunciata contro di me sia dal cane, sia da me stesso.

« Autoaccusatore H., » riprese a dire Leo, e ora, dall'aureo splendore dei paludamenti e del baldacchino, la sua voce risonava gelida, limpida e penetrante come quella del Commendatore quando nell'ultimo atto appare davanti alla porta di Don Giovanni. « Autoaccusatore H., lei mi ha ascoltato, ha risposto di sì. Ha pronunciato, supponiamo, da sé la sua sentenza ».

« Sì, sì » confermai con voce sommessa.

« Sarebbe, come noi supponiamo, una sentenza di condanna? ».

« Sì » mormorai.

Leo si alzò dal trono e allargò dolcemente le braccia.

« Ora mi rivolgo a voi, Superiori. Voi avete udito. Sapete le vicende del confratello H. Si tratta di un destino che non vi è ignoto, parecchi di voi lo hanno sperimentato. Fino a questo momento l'imputato non sapeva ancora o almeno non riusciva a capacitarsi che la sua apostasia e il suo smarrimento erano una prova a cui veniva sottoposto. Per molto tempo non ha ceduto, ha sopportato per anni di rimanere senza notizie della Lega, di restare solo e di vedere distrutto ogni fondamento della sua fede precedente. In fine però non poté più nascondersi e sottrarsi, il suo dolore divenne troppo grande, e voi sapete che non appena il dolore diventa abbastanza profondo si va avanti. La prova portò il fratello H. fino alla disperazione, e disperazione è il risultato di ogni serio tentativo di comprendere e giustificare la vita umana. Disperazione è il risultato di ogni serio tentativo di sostenere la vita con la virtù, con la giustizia, con la ragione, e di soddisfare le sue esigenze. Al di qua di questa disperazione vivono i fanciulli, al di là i risvegliati. L'imputato H. non è più un fanciullo e non è ancora interamente risvegliato. Si trova ancora nella disperazione. La attraverserà e con ciò presterà il suo secondo noviziato. Noi gli diamo di nuovo il benvenuto nella Lega della quale egli non presume più di comprendere il significato. Gli riconsegniamo l'anello perduto che il servitore Leo ha conservato per lui ».

Il Fiduciario mi recò subito l'anello e, baciatomi sulla guancia, me lo infilò al dito. Appena lo vidi, appena ne sentii al dito la frescura metallica mi ricordai di mille cose, di mille incomprensibili omissioni. Rammentai anzitutto che nell'anello sono incastonate quattro pietre a distanze uguali e che secondo le norme della Lega e del voto bisogna almeno una volta al giorno girare lentamente l'anello e ricordare a ognuna delle pietre uno dei quattro fondamentali precetti del voto. Io non solo avevo perduto l'anello e non ne avevo nemmeno sentito la mancanza, ma in tutti quegli anni terribili non avevo mai recitato né ricordato i quattro precetti fondamentali. Ora cercai subito di recitarli dentro di me. Li sentivo, li avevo ancora nel cuore, mi appartenevano come ci appartiene un nome che abbiamo sulla punta della lingua ma lì per lì non riusciamo a trovare. Se non che la mia ricerca fu vana, non seppi recitare le regole, ne avevo dimenticato la formula. Da molti anni non le ripetevo, da molti anni non le avevo

seguite – e tuttavia avevo potuto considerarmi un confratello fedele!
Vedendo la mia costernazione e la mia profonda vergogna il Fiduciario mi pone una mano sul braccio per tranquillizzarmi. E in quella udii ancora una volta la voce del Capo supremo.
« Accusato e autoaccusatore H., lei è assolto. Le devo ancora comunicare che al fratello assolto in un processo di questo genere incombe il dovere di entrare nel numero dei Superiori e di occupare uno dei loro seggi non appena abbia dato prova della sua fede e della sua obbedienza. La scelta della prova è lasciata a Lui. Rispondi ora, fratello H., alle mie domande:
« Sei disposto ad ammansire un cane furioso per dar prova della tua fede? »
Rabbrividii di orrore. « No, non ne sarei capace » esclamai rifiutando.
« Sei disposto a dare immediatamente alle fiamme per nostro ordine l'archivio della Lega come ora il Fiduciario ne incendia una parte davanti ai tuoi occhi? ».
Il Fiduciario si avanzò, affondò le mani negli schedari bene ordinati, ne ritirò due manciate di schede, parecchie centinaia di schede, e con mio orrore le bruciò in un braciere.
«No,» gridai «nemmeno questo saprei fare».
« Cave, frater » esclamò il Capo supremo, rivolgendosi a me. « Stai in guardia, impetuoso fratello! Ho cominciato dai compiti più fa-

cili, per i quali basta un minimo di fede. I compiti seguenti saranno via via più difficili. Rispondi: Sei pronto e disposto a interrogare l'archivio sul conto di te stesso? ».
Mi sentii venir freddo e fermarsi il respiro. Ma avevo capito: le domande sarebbero diventate sempre più difficili e non c'era modo di fuggire se non nel peggio. Col respiro affannato risposi di sì.
Il Fiduciario mi condusse presso i tavolini dove erano centinaia di schedari. Cercai e trovai la lettera H, trovai il mio nome, anzitutto il mio antenato Eoban il quale quattrocento anni fa fu anche lui membro della Lega. Vidi poi il mio nome con questa nota:

Chattorum r. gest. XC.
civ. Calv. infid. 49.

Il foglietto mi tremava tra le mani. Intanto i Superiori si alzarono l'uno dopo l'altro, mi strinsero la mano, mi guardarono negli occhi e si allontanarono. L'Eccelso Seggio rimase vuoto, per ultimo scese dal trono il Capo supremo, mi porse la mano, mi guardò negli occhi, sorrise di quel suo pio e servizievole sorriso da vescovo e per ultimo uscì dalla sala. Rimasi io solo, con la scheda nella sinistra, rinviato al giudizio dell'archivio.
Non ebbi il coraggio di fare subito quel passo e di interrogare l'archivio sul mio conto. Ero là esitante nella sala vuota e vedevo le lunghe file di armadi, di bacheche, di nicchie e ga-

binetti, quel cumulo di tutto il sapere che potessi desiderare. Per timore della mia scheda e per l'ardente sete di conoscenza mi concessi ancora un momento di attesa per apprendere, innanzi tutto, alcune cose importanti per me e per la mia storia del pellegrinaggio in Oriente. Certo, sapevo in fondo da un pezzo che quella mia storia era già condannata e sepolta e non l'avrei mai portata a compimento. Ciò nonostante ero molto curioso.

Da una delle cassette vidi sporgere obliqua una scheda mal collocata. Andai a prenderla e lessi:

Morbio Inferiore.

Nessun'altra voce poteva indicare con maggiore brevità e precisione il nocciolo della mia curiosità. Con un lieve batticuore cercai la posizione nell'archivio. Era un cassetto con un numero piuttosto rilevante di carte. Sopra c'era la copia di una descrizione della gola di Morbio, tolta da un vecchio libro italiano; c'era poi un foglio in quarto con brevi notizie sulla parte che Morbio ebbe nella storia della Lega. Tutte queste notizie si riferivano al viaggio in Oriente e precisamente alla tappa e al gruppo del quale avevo fatto parte anch'io. Il nostro gruppo, si leggeva, era arrivato fino a Morbio dove aveva dovuto sostenere una prova, ma senza esito felice: la scomparsa di Leo. Benché avessimo dovuto lasciarci guidare dalle norme della

Lega e benché ci fossero precetti anche per il caso che uno dei gruppi rimanesse senza guida e questi precetti ci fossero stati ripetuti all'inizio del viaggio, tutto il nostro gruppo, dal momento in cui scoprimmo l'assenza di Leo, aveva perduto la testa e la fede, si era ingolfato nei dubbi e in vane discussioni e alla fine, contrariamente allo spirito della Lega, il gruppo si era scisso e smembrato in più partiti. Ormai questa spiegazione della sventura di Morbio non poteva più sorprendermi. Rimasi invece molto stupefatto alla lettura di ciò che era detto intorno alla scissione del nostro gruppo: nientemeno che tre di noi confratelli avevamo fatto il tentativo di scrivere una storia del viaggio e di esporre l'esperienza di Morbio. Uno dei tre ero io, e infatti c'era nel cassetto anche una copia pulita del mio manoscritto. Lessi gli altri due coi più strani sentimenti. Essi descrivevano i fatti di quella giornata in maniera non molto diversa dalla mia, eppure quanto sonavano diversi per me! Uno dei due autori diceva: « La scomparsa del servitore Leo ci rivelò all'improvviso e crudelmente gli abissi di discordia e di perplessità che dilaniavano la nostra Lega, fino allora apparentemente saldissima. Alcuni di noi capirono o intuirono subito che Leo non era stato vittima di una sciagura né era fuggito, ma era stato segretamente richiamato dai capi della Lega. Nessuno di noi però può pensare senza il più profondo pentimento e senza umiliazione quanto male sostenemmo la prova. Non appena Leo ci ebbe lasciati, la fede e la concordia tra di noi cessarono; pareva che dal nostro gruppo fluisse come da un'invisibile ferita il rosso sangue della vita. Si ebbero anzitutto dissensi, poi aperte polemiche intorno ai più inutili e ridicoli problemi. Ricordo, per esempio, che il nostro direttore d'orchestra, così ben visto e benemerito, il violinista H.H., venne a un tratto ad affermare che Leo doveva aver preso con sé nel bagaglio, tra altri oggetti di valore, anche l'antichissimo e sacro statuto della Lega, il manoscritto originale del Maestro! Per più giorni se ne discusse con molta serietà. Certo, intesa simbolicamente, l'assurda affermazione di H. era stranamente sensata: pareva infatti davvero che con l'allontanamento di Leo dal nostro piccolo gruppo la fortuna della Lega, il rapporto con il tutto, fossero andati completamente perduti. Quel musicista H.H. fu un esempio lacrimevole. Pur essendo stato fino al giorno di Morbio Inferiore uno dei più fedeli e convinti confratelli, benvoluto inoltre come artista e, nonostante certe debolezze di carattere, uno dei soci più vivaci, si abbandonò ora ad almanaccare, soffrì di depressioni, si fece diffidente e nel suo ufficio peggio che trascurato, incominciando a diventare intrattabile, nervoso, attaccabrighe. Un giorno, quando rimase dietro agli altri, nessuno pensò di interrompere la marcia per lui e di andarlo a cercare, tanto era evidente la sua diserzione. Purtroppo non fu il solo e alla fine tutto il nostro piccolo gruppo si disperse . . . ».

Nell'altro storiografo trovai questo passo: « Come l'antica Roma cadde con la morte di Cesare o l'idea democratica universale con la diserzione di Wilson, così la nostra Lega crollò con l'infelice giornata di Morbio. Se in questo caso si può parlare di colpa e responsabilità, il crollo va addebitato a due confratelli apparentemente innocui: al musico H. H. e a Leo, uno dei servitori. Questi due, seguaci della Lega fino allora fedeli e benvoluti, per quanto ignari della sua importanza nella storia universale, questi due scomparvero un giorno senza lasciar traccia e non senza appropriarsi oggetti preziosi e documenti importanti, donde si può argomentare che i due miserandi fossero comperati da potenti avversari della Lega . . . ».

Se la memoria di questo storico era talmente torbida e falsata, benché scrivesse evidentemente in buona fede e convinto della massima veridicità, quale valore potevano avere i miei propri appunti? Se fossero esistite altre dieci relazioni di altri autori intorno a Morbio, a Leo e a me stesso, probabilmente tutte e dieci si sarebbero contraddette e sospettate a vicenda. Le nostre fatiche storiche erano dunque vane, non era il caso di continuarle né di leggerle, si poteva tranquilla-

mente lasciare che si coprissero di polvere nell'archivio.
Provai un senso di orrore per tutto ciò che avrei dovuto ancora apprendere. Come si spostava, si mutava e snaturava ogni cosa in questi specchi, com'era beffardo e irraggiungibile il volto della verità che si nascondeva dietro a tutte queste notizie, contronotizie e leggende! Che cos'era vero? che cosa era credibile? E quanto sarebbe rimasto quando avessi esplorato la scienza dell'archivio intorno a me stesso e alla mia storia?
Dovevo essere preparato a tutto. Ed ecco, non sopportai più l'incertezza e l'ansia della attesa, corsi al reparto *Chattorum res gestae*, cercai la sottosezione e il numero e mi trovai davanti allo scaffale che recava il mio nome. Era una nicchia che, quando ne spostai la sottile tendina, non mi presentò nulla di scritto. Conteneva soltanto una figura, una vecchia e malconcia scultura di legno e di cera, a colori pallidi, una specie di idolo barbarico che a prima vista mi fu del tutto incomprensibile. Era una figura che veramente ne conteneva due, in quanto avevano il dorso in comune. Mi soffermai a guardare stupito e deluso. In quella vidi una candela fissata al fondo della nicchia in un candeliere di metallo. C'erano fiammiferi, sicché accesi la candela che illuminò la strana doppia figura.
A poco a poco questa mi si rivelò. Piano piano cominciai a intuire e poi a comprendere che

cosa volesse rappresentare. Rappresentava un personaggio – che ero io – e il mio ritratto era spiacevolmente debole e semireale, aveva lineamenti sbiaditi e in complesso un'espressione instabile, fiacca, morente o suicida, sicché sembrava quasi un'opera di scultura che fosse intitolata « Caducità » oppure « La decomposizione » o qualcosa di simile. L'altra figura invece, che era unita alla mia, era tutta florida di colori e di forme e, mentre incominciavo a indovinare a chi somigliasse, cioè al servitore e Capo supremo Leo, scorsi anche un'altra candela fissata alla parete e accesi anche quella. Così vidi il doppio personaggio, che alludeva a me e a Leo, non solo diventare più evidente e somigliante, ma notai pure che la superficie delle figure era trasparente e si poteva vederne l'interno come si vede attraverso il vetro d'una bottiglia o di un vaso. E nell'interno dei personaggi vidi muoversi qualcosa, muoversi adagio con infinita lentezza, come si muove un serpe addormentato. Qualche cosa stava succedendo, come un fluire, uno sciogliersi lentissimo ma ininterrotto: dal mio ritratto qualcosa si scioglieva o fluiva passando nel ritratto di Leo, e così potei notare che la mia immagine stava per donarsi sempre più a Leo e per effondersi, per alimentarlo e rafforzarlo. Col tempo l'intera sostanza sarebbe probabilmente passata da una delle immagini nell'altra e ne sarebbe rimasta una

sola: Leo. Egli doveva crescere, io dovevo diminuire.
Mentre stavo a guardare e cercavo di capire ciò che vedevo, mi tornò in mente un breve colloquio che nei giorni di festa a Bremgarten avevo avuto con Leo. Si era detto che i personaggi di opere poetiche sono di solito più vivi e reali dei loro poeti.
Le candele si consumarono e si spensero, io mi sentii prendere da un'infinita stanchezza e da un gran sonno e mi allontanai in cerca di un posto dove potessi coricarmi e dormire.

Opere pubblicate in questa collana:

1. Hermann Hesse, *Il pellegrinaggio in Oriente* (15ª ediz.)
2. Marcel Granet, *La religione dei Cinesi* (3ª ediz.)
3. Robert Musil, *Sulle teorie di Mach* (3ª ediz.)
4. James Boswell, *Visita a Rousseau e a Voltaire* (2ª ediz.)
5. Freud-Groddeck, *Carteggio* (4ª ediz.)
6. Nyogen Senzaki - Paul Reps, *101 storie Zen* (17ª ediz.)
7. Gertrude Stein, *Picasso* (4ª ediz.)
8. Pierre Klossowski, *Le dame romane* (3ª ediz.)
9. Konrad Lorenz, *E l'uomo incontrò il cane* (19ª ediz.)
10. Rainer Maria Rilke, *Ewald Tragy* (3ª ediz.)
11. Friedrich Nietzsche, *Sull'utilità e il danno della storia per la vita* (7ª ediz.)
12. Angus Wilson e Philippe Jullian, *Per chi suona la cloche* (2ª ediz.)
13. Elias Canetti, *Potere e sopravvivenza* (4ª ediz.)
14. Konrad Lorenz, *Gli otto peccati capitali della nostra civiltà* (15ª ediz.)
15. Lorenzo Magalotti, *Relazione della China*
16. Miguel León-Portilla, *Il rovescio della Conquista* (3ª ediz.)
17. Knut Hamsun, *Fame* (2ª ediz.)
18. *La Bibbia del Belli* (2ª ediz.)
19. Georges Dumézil, *Gli dèi dei Germani* (4ª ediz.)
20. Joseph Roth, *La leggenda del santo bevitore* (20ª ediz.)
21. Friedrich Nietzsche, *Sull'avvenire delle nostre scuole* (3ª ediz.)
22. *Il Fisiologo* (2ª ediz.)
23. Samuel Butler, *Erewhon* (4ª ediz.)
24. Samuel Butler, *Ritorno in Erewhon* (3ª ediz.)
25. Eugen Herrigel, *Lo Zen e il tiro con l'arco* (15ª ediz.)
26. Frank Wedekind, *Mine-Haha* (3ª ediz.)
27. Alberto Savinio, *Maupassant e "l'Altro"* (2ª ediz.)
28. San Girolamo, *Vite di Paolo, Ilarione e Malco* (2ª ediz.)
29. Giorgio Colli, *La nascita della filosofia* (9ª ediz.)
30. Louis-Ferdinand Céline, *Il dottor Semmelweis* (4ª ediz.)
31. Ludwig Wittgenstein, *Note sul "Ramo d'oro" di Frazer* (3ª ediz.)
32. Hermann Hesse, *Siddharta* (36ª ediz.)
33. Reuben Fine, *La psicologia del giocatore di scacchi* (2ª ediz.)
34. Robert Walser, *La passeggiata* (8ª ediz.)
35. Edoardo Ruffini, *Il principio maggioritario* (2ª ediz.)

36-37. Friedrich Nietzsche, *Così parlò Zarathustra* (14ª ediz.)

38. André Gide, *La sequestrata di Poitiers* (2ª ediz.)
39. J.R. Wilcock - F. Fantasia, *Frau Teleprocu*
40. Hugo von Hofmannsthal, *L'uomo difficile* (4ª ediz.)
41. James Joyce, *Dedalus* (12ª ediz.)
42. Søren Kierkegaard, *Enten-Eller, I* (3ª ediz.)
43. Paul Verlaine, *Confessioni* (2ª ediz.)
44. Pavel Florenskij, *Le porte regali* (2ª ediz.)
45. Adam Mickiewicz, *I sonetti di Crimea*
46. Friedrich Nietzsche, *La mia vita* (5ª ediz.)
47. Friedrich Nietzsche, *Al di là del bene e del male* (10ª ediz.)
48. Friedrich Nietzsche, *La nascita della tragedia* (11ª ediz.)
49. Alberto Savinio, *Sorte dell'Europa*
50. Carlo Dossi, *Amori* (2ª ediz.)
51. René Guénon, *Il Re del Mondo* (6ª ediz.)
52. Arthur Schnitzler, *Doppio sogno* (11ª ediz.)
53. Søren Kierkegaard, *Enten-Eller, II*
54. Friedrich Nietzsche, *La gaia scienza* (6ª ediz.)
55. Friedrich Nietzsche, *L'anticristo* (9ª ediz.)
56. James Hillman, *Saggio su Pan* (5ª ediz.)
57. Alfred Jarry, *Ubu* (3ª ediz.)
58. Hermann Hesse, *La cura* (10ª ediz.)
59. Jacques Derrida, *Il fattore della verità*
60. Gerald Durrell, *Incontri con animali* (3ª ediz.)
61. Gershom Scholem, *Walter Benjamin e il suo angelo* (2ª ediz.)
62. Jonathan Swift, *Istruzioni alla servitù* (5ª ediz.)
63. Aleksandr Blok, *L'intelligencija e la rivoluzione*
64. Georg Büchner, *Teatro* (4ª ediz.)
65. Friedrich Nietzsche, *Aurora* (4ª ediz.)
66. Jaime de Angulo, *Indiani in tuta* (2ª ediz.)
67. Robert Walser, *I temi di Fritz Kocher*
68. Søren Kierkegaard, *Enten-Eller, III*
69. Franz Kafka, *Il processo* (7ª ediz.)
70. August Strindberg, *Teatro naturalistico, I* (2ª ediz.)
71. Max Jacob - Claude Valence, *Specchio d'astrologia* (2ª ediz.)
72. Heinrich Heine, *Gli dèi in esilio*
73-74. Katherine Mansfield, *Tutti i racconti, I* (5ª ediz.)
75. Guido Ceronetti, *Il silenzio del corpo* (4ª ediz.)
76. Carlo Dossi, *Goccie d'inchiostro*
77. *I detti di Rābi'a*

78. Giacomo Casanova, *Il duello* (2ª ediz.)
79. Vasilij Rozanov, *L'Apocalisse del nostro tempo*
80. Friedrich Nietzsche, *Scritti su Wagner* (2ª ediz.)
81. Platone, *Simposio* (9ª ediz.)
82. Friedrich Nietzsche, *Umano, troppo umano, I* (3ª ediz.)
83. Karen Blixen, *Ehrengard* (9ª ediz.)
84. Alberto Savinio, *Vita di Enrico Ibsen*
85. Walter Benjamin, *Uomini tedeschi*
86. *Diotima e Hölderlin*
87. Mario Brelich, *Il navigatore del diluvio*
88. Leonora Carrington, *Giù in fondo* (2ª ediz.)
89. Emanuele Severino, *Legge e caso* (2ª ediz.)
90. Hermann Hesse, *Una biblioteca della letteratura universale* (6ª ediz.)
91-92-93. Katherine Mansfield, *Tutti i racconti, II* (3ª ediz.)
94. Giorgio Colli, *Scritti su Nietzsche* (2ª ediz.)
95. Salvatore Satta, *De profundis*
96. Walter Pater, *Ritratti immaginari*
97. René Guénon, *La Grande Triade* (3ª ediz.)
98. August Strindberg, *Teatro da camera*
99. Gerald Durrell, *Luoghi sotto spirito* (2ª ediz.)
100. Gustave Flaubert, *Dizionario dei luoghi comuni* (5ª ediz.)
101. J. Rodolfo Wilcock, *Poesie*
102. Mumon, *La porta senza porta*
103. Jean Rhys, *Il grande mare dei sargassi* (2ª ediz.)
104. Guido Morselli, *Incontro col comunista*
105. Sergio Quinzio, *Dalla gola del leone*
106. Karl Valentin, *Tingeltangel*
107. Jean-Jacques Langendorf, *Elogio funebre del generale August-Wilhelm von Lignitz*
108-109. O. Henry, *Memorie di un cane giallo*
110. Rainer Maria Rilke, *Lettere a un giovane poeta* (3ª ediz.)
111. Carl Seelig, *Passeggiate con Robert Walser*
112. Charles Duff, *Manuale del boia*
113-114. Franz Kafka, *Il messaggio dell'imperatore* (7ª ediz.)
115. Alberto Savinio, *La nostra anima* (2ª ediz.)
116. Jean Paul, *Giornale di bordo dell'aeronauta Giannozzo*
117. Fausto Melotti, *Linee*
118. Ibn'Aṭā' Allāh, *Sentenze e Colloquio mistico* (2ª ediz.)
119. Carlo Emilio Gadda, *Le bizze del capitano in congedo* (2ª ediz.)
120. Søren Kierkegaard, *Enten-Eller, IV*

121. Friedrich Nietzsche, *Umano, troppo umano, II* (3ª ediz.)
122. Arthur Schnitzler, *Fuga nelle tenebre* (6ª ediz.)
123. Joseph Roth, *Viaggio in Russia* (4ª ediz.)
124. Misia Sert, *Misia* (2ª ediz.)
125. Anonimo romano, *Cronica*
126. Emilio Cecchi, *I grandi romantici inglesi* (2 voll.)
127. Russell Hoban, *Il topo e suo figlio*
128. J. Rodolfo Wilcock, *L'abominevole donna delle nevi*
129. Paul Scheerbart, *Architettura di vetro*
130. Giacomo Leopardi, *Pensieri* (4ª ediz.)
131. Carlo Michelstaedter, *La persuasione e la rettorica* (3ªediz.)
132. Hugo von Hofmannsthal, *La mela d'oro e altri racconti*
133. Plutarco, *Il demone di Socrate - I ritardi della punizione divina* (2ª ediz.)
134. Friedrich Nietzsche, *Ditirambi di Dioniso e Poesie postume*
135. Alexander Lernet-Holenia, *Il barone Bagge* (3ª ediz.)
136. Carlo Emilio Gadda, *Il tempo e le opere*
137. Gerald Durrell, *Storie del mio zoo* (2ª ediz.)
138. Jayadeva, *Gītagovinda*
139. August Strindberg, *Teatro naturalistico, II*
140. Samuel Johnson, *Riflessioni sugli ultimi fatti relativi alle Isole Falkland (1771)*
141. E.M. Cioran, *Storia e utopia* (2ª ediz.)
142. Jean-Jacques Langendorf, *Una sfida nel Kurdistan*
143. Gilberto Forti, *Il piccolo almanacco di Radetzky*
144. Elvio Fachinelli, *Claustrofilia*
145. Giorgio Colli, *Per una enciclopedia di autori classici*
146. Thomas de Quincey, *Gli ultimi giorni di Immanuel Kant* (2ª ediz.)
147. Charles Baudelaire, *Il mio cuore messo a nudo* (2ª ediz.)
148. Plutarco, *Dialoghi delfici*
149. Adalbert Stifter, *Abdia* (2ª ediz.)
150. Charles Alexander Eastman, *L'anima dell'indiano* (2ªediz.)
151. György Lukács, *Diario (1910-1911)*
152. Arthur Schnitzler, *Gioco all'alba* (5ª ediz.)
153. Aleksandr Zinov'ev, *Appunti di un Guardiano Notturno*
154. Friedrich Nietzsche, *Crepuscolo degli idoli* (2ª ediz.)
155. Franziska zu Reventlow, *Il complesso del denaro*
156. Pier Candido Decembrio, *Vita di Filippo Maria Visconti*
157. Lope de Vega, *La Gattomachia* (2ª ediz.)
158. Simone Weil, *Riflessioni sulle cause della libertà e dell'oppressione sociale* (2ª edi.)
159. Alexander Lernet-Holenia, *Il Signore di Parigi*

160. David Garnett, *Il ritorno del marinaio*
161. Alfred Jarry, *Gesta e opinioni del dottor Faustroll, patafisico*
162. Elio Aristide, *Discorsi sacri*
163. Maria Maddalena de' Pazzi, *Le parole dell'estasi*
164. Colette, *Chéri*
165. Mario Bortolotto, *Introduzione al Lied romantico*
166. Adalbert Stifter, *Cristallo di rocca* (2ª ediz.)
167. Friedrich Nietzsche, *Genealogia della morale* (3ª ediz.)
168. Georges Dumézil, *Matrimoni indoeuropei*
169. *Lettere di Mademoiselle Aïssé a Madame C...*
170. Saul Israel, *La leggenda del figlio del Re Horkham*
171. Albert Caraco, *Post mortem*
172. Gilberto Forti, *A Sarajevo il 28 giugno*
173. Emilio Cecchi, *Messico*
174. Joseph Roth, *Ebrei erranti* (5ª ediz.)
175. Meister Eckhart, *Sermoni tedeschi* (2ª ediz.)
176. Elena Croce, *Due città*
177. Karen Blixen, *Ombre sull'erba* (4ª ediz.)
178. Georges Simenon, *Lettera a mia madre*
179. Plutarco, *Iside e Osiride* (2ª ediz.)
180. Giorgio de Santillana, *Fato antico e Fato moderno* (2ª ediz.)
181. Colette, *La fine di Chéri*
182. Edme Boursault, *Lettere di Babet*
183. Henri Maspero, *Il Soffio Vivo*
184. Friedrich Nietzsche, *Schopenhauer come educatore*
185. Ernst Jünger, *Il problema di Aladino*
186. E.M. Cioran, *Il funesto demiurgo* (2ª ediz.)
187. Alberto Savinio, *La casa ispirata*
188. Plutarco, *Sull'amore* (2ª ediz.)
189. Arthur Schnitzler, *Beate e suo figlio* (4ª ediz.)
190. Gottfried Benn, *Cervelli*
191. Colette, *La nascita del giorno*
192. Karen Blixen, *Il matrimonio moderno* (2ª ediz.)
193. *Sir Gawain e il Cavaliere Verde* (2ª ediz.)
194. *L'epopea di Gilgameš* (3ª ediz.)
195. Louis Dumont, *La civiltà indiana e noi*
196. Joseph Roth, *Le città bianche* (3ª ediz.)
197. Giuseppe Rensi, *Lettere spirituali*
198. Fabrizio Dentice, *Egnocus e gli Efferati* (2ª ediz.)
199. John McPhee, *Il formidabile esercito svizzero* (2ª ediz.)

200. Simone Weil, *Venezia salva*
201. Elsa Morante, *Pro o contro la bomba atomica*
202. M. Granet - M. Mauss, *Il linguaggio dei sentimenti*
203. Guido Ceronetti, *Pensieri del Tè* (3ª ediz.)
204. Carlo Michelstaedter, *Poesie* (2ª ediz.)
205. Carl Schmitt, *Ex Captivitate Salus*
206. Celso, *Il discorso vero*
207. Thomas Bernhard, *L'imitatore di voci* (2ª ediz.)
208. Alberto Savinio, *Capri* (3ª ediz.)
209. Arthur Schnitzler, *La signorina Else* (2ª ediz.)
210. Milan Kundera, *L'arte del romanzo*
211. Eugenio Montale, *Mottetti*
212. Iosif Brodskij, *Dall'esilio*
213. Gerald Durrell, *La terra che sussurra* (2ª ediz.)
214. Henry James, *L'altare dei morti*
215. Osip Mandel'štam, *Viaggio in Armenia*
216. Friedrich Dürrenmatt, *La morte della Pizia* (2ª ediz.)
217. Guido Ceronetti, *L'occhiale malinconico*
218. Fernando Pessoa, *Lettere alla fidanzata*
219. Alexander Lernet-Holenia, *Il giovane Moncada* (2ª ediz.)
220. Giovanni Macchia, *I moralisti classici* (2ª ediz.)
221. Hippolyte Taine, *Étienne Mayran*
222. Carlo Michelstaedter, *Il dialogo della salute*
223. E.M. Cioran, *Esercizi di ammirazione*
224. Joseph Roth, *La ribellione* (2ª ediz.)
225. Benedetto Croce, *Contributo alla critica di me stesso* (2ª ediz.)
226. Giovanni Macchia, *Tra Don Giovanni e Don Rodrigo* (2ª ediz.)
227. Alberto Savinio, *Capitano Ulisse*
228. Vivant Denon, *Senza domani*
229. Rudolf Borchardt, *Città italiane*
230. Colette, *Sido*
231. Aldous Huxley, *L'arte di vedere*

Stampato nel giugno 1989
dalla Techno Media Reference s.r.l. · Milano

Piccola Biblioteca Adelphi
Periodico mensile: N. 1/1973
Registr. Trib. di Milano N. 180 per l'anno 1973
Direttore responsabile: Roberto Calasso